KB242784

연변동서방문화연구회 편찬

현대조선어연구

문 창 덕 著

이 책은 중국 동포작가의 작품으로, 작품 본래의 맛을 살리기 위해
작가가 사용한 표현을 그대로 실었음을 미리 밝힙니다.

연변동서방문화연구회 편찬

현대조선어연구

문 창 덕 著

한국학술정보㈜

차 례

< 부 록 >

Ⅰ. 조선어 격범주에서 나서는 몇 가지 문제

조선어 문법 구조의 연구 분야에서 격범주의 연구는 중요한 자리를 차지한다. 그리하여 선배 학자들은 이 면에서 많은 노력을 경주하였으며 일정한 성과도 올렸다. 그러나 재래로 학자들 간에 격체계와 격형태 면에서 완전한 견해 일치를 보지 못하고 있다.

필자는 이 글에서 조선어 격범주의 전반에 대하여 언급하지 않고 격의 수효와 격형태를 한정함에 있어서 나서는 문제에 대하여 논해 보려 한다.

먼저 해방 전으로부터 오늘에 이르기까지 국내외의 중요한 문법서들과 논문들에서 설정한 격체계와 격형태를 종합하여 도표로 비교해 보면 다음과 같다.

격 문법서별	주 격	속 격	대 격	여 격	위 격	여위격	조 격	구 격	비교격	호 격
조선어문연구회 '조선어문법'(1949년)	가(이), 께서, 란(이란), 로서(으로서)	의	를(을)	에게, 께, 한테, 더러	에(에(에다, 에다가), 에서(서), 에게서, 한테서, 로(으로), 에게로, 한테로, 꺼로		로(으로), 로써(으로써)	와(과), 하고, 랑(이랑)		야(아), 여(이여), 이시여
조선과학원'조선어문법'(1) (1960년)	가(이)	의	를(을)			에, 에게, 에서	로(으로)	와(과)		야(아), 여(이여)
김대'문화어문법'(1) (1972년)	께서, 가(이)	의	를(을)	께, 에게, 한테 더러, 에	에게서, 에서		로(으로)	와(과), 하고, 랑(이랑), 처럼, 마냥, 보다		이싱, 여(이여, 야(아))
'조선문화어문법'(1979년)	가(이), 께서	의	를(을)	에게, 에, 께	에게서, 에서		로(으로), 로서(으로서), 로써(으로써)	와(과)		여(이), 야(아)
최윤갑 '조선어문법'(1980년)	가(이)께서	의	를(을)	에, 에게, 께, 한테, 더러	에서, 에게서, 한테서		로(으로), 로서(으로서, 로써(으로써))	와(과), 하고	보다, 처럼, 마냥	야(아), 여(이여), 이시여
차광일 '조선어토대비문법'(1982년)	가(이)	의	를(을)	에게, 께, 더러, 한테	에, 에서, 에게서, 께서, 께서, 한테서, 로(으로)		로(으로)써, 로(으로)서	와(과), 하고		시(이시)여, 여(이여), 이(0), 야(아)
리귀배론문①	가(이)	의	를(을)	에			로(으로)	와(과)		여(이여), 야(아)

이상은 조선 언어학자들과 우리나라의 언어학자들이 설정한 격체계와 격형태이다. 아래에서 한국 언어학자들이 설정한 격체계와 격형태를 보기로 하자.

최현배의 '우리말본'② (1937년)

1) 임자자리토: 가, 이, 에서, 께서, 께옵서

2) 어떤자리토: 의

3) 어찌자리토

① 곳자리토: 에, 에서(낙착점), 에게, 한테, 더러, 께, 에서(출발점), 서, 에게서, 한테서, 로, 으로, 에게로, 한테로, 께로

② 연장자리토: 로, 로써, 으로, 으로써

③ 견줌자리토: 과, 와, 하고, 처럼, 같이, 만큼, 만, 보다, 에서

④ 함께자리토: 와, 과, 하고

⑤ 바꿈자리토: 가, 로, 이, 으로

⑥ 끌어옴자리토: 라고, 라, 이라고, 이라, 고, 라고(그 나머지 홀소리 아래)

4) 부림자리토: 를(ㄹ), 을

5) 부름자리토: 야, 아, 여, 이여, 시여, 이시여

6) 기움자리토: 가, 이

이희승의 '초급국어문법'③ (1950년)

1) 주격: 가, 이,

2) 호격: 야, 아,

3) 목적격: 를, 을

4) 여격: 에게, 께, 한테

5) 소유격: 의

6) 상대격, 에게, 께, 한테

7) 탈격: 에게서, 한테서

8) 처소격: 에, 에서

9) 향진격: 에, 를, 을

10) 유래격: 서, 로부터

11) 사용격: 로, 으로

12) 변성격: 로, 으로

13) 원인격: 에, 로, 으로

14) 비교격: 보다, 만큼

15) 동류격: 처럼, 와, 과

16) 동반격: 와, 과, 하고

17) 열거격: 와, 과, 랑

18) 자격격: 로, 으로, 로서, 으로서

우리가 위에서 보다시피 문법서들마다(또는 논문에서) 격의 수효와 형태 면에서 적잖게 다름을 볼 수 있다. 격의 수효 면에서 본다면 일반적으로 8격으로부터 10격으로 오르내리고 '대부분 문법서들에서는 여격과 위격을 따로 설정했다면 조선과학원 문법에서는 여격과 위'격만을 설정하였다. 그리고 대부분 문법서들에서 '비교격'과 '절대격'을 설정하지 않았지만 최현배의 '우리말본', 이숭녕의 '고등국어문법』, 최윤갑의 '조선어문법' 등에서는 '비교격'을 설정하였고 김수경의 '조선어문법', 염종률의 '문화어형태론'에서는 '절대격'을 설정하였다. 그뿐만 아니라 한국의 개별적 문법서들에서는 '상대격, 탈격, 향진격, 유래격, 변성격, 원인격, 동류격, 열거격, 시발격, 인용격, 서술격' 등을 설정하고 있다.

격형태 체계 면에서 본다면 격형태도 문법서들마다 각이하다. 예를 들면 조선어문법연구회 문법에서 위격토에 '에(에다, 에다가), 에서(서), 에게서, 한테서, 로(으로), 에게로, 한테로, 께로)'를 잡았다면 '조선문화어문법'에서는 '에서, 에게서', 최윤갑 문법에서는 '에서, 에게서, 한테서', 차광일의 '조선어토대비문법'에서는 '에, 에서, 에게서, 께서, 한테서, 로(으로)'를 잡고 있다. 한국의 일부 문법서들에서는 부사 '같이', 불완전명사 '대로, 만큼, 만'을 격형태로 잡고 있다. 그리고 '조선문화어문법'에서는 일부 격토들을 갈라내어 '격토처럼 쓰이는 토'를 따로 설정하고 있다.

오늘날 조선어 격체계와 격형태를 어떻게 설정하는가 하는 것은 이론적 의의가 있을 뿐만 아니라 실천적 의의가 자못 크다.

필자는 제기된 문제들에 대하여 자기의 견해를 논술하기 전에 먼저 격의 본질에 대하여 보기로 한다.

격이란 대상성 있는 단어나 단위가 문장 속에서 다른 단어나 단위와의 결합적 관계를 나타내는 문법적 범주이다. 격이 표현하는 결합적 관계는 격형태의 표현적 수단에 의하여 여러 가지가 있을 수 있다. 주격과 대격을 예로 들면 주격은 대상성 있는 단어나 단위들을 용언과 결합시키면서 그 단어나 단위들을 주어의 위치에 놓이게 하며 대격은 대상성 있는 단어나 단위들을 주로 타동사와 결합시키면서 그 단어나 단위들을 보어의 위치에 놓이게 한다.

격범주는 단어나 단위의 결합적 관계를 표현한다는 점에서, 즉 다시 말하면 문장론적 기능을 수행한다는 점에서 시칭범주, 존칭범주 등과 구별되며 그리고 문장론적 기능면에서 종결형, 접속형, 규정형 등과 비슷하나 격범주는 서술성을 가지지 않고 대상성을 가진데서 그와 다르다.

격범주는 형태론의 다른 모든 범주들과 마찬가지로 문법적 형태를 기초로 하여 이루어진 문법적 의미와 문법적 형태의 통일로써 이루어진다. 격의 수효의 총체를 격체계라 하고 격 범주를 보여 주는 단어형태를 격형태라 하며 격형태를 이루어 주는 토를 격토라 한다.

그럼 위에서 제기된 문제들을 간추려서 하나하나 논술해 보기로 한다.

첫째, 격형태의 문법적 의미에 따라 격을 설정하는 데 대하여 일부 문법서들에서는 격형태의 문법적 의미에 따라 격을 설정하고 있다. 예하면 최현배의 '우리말본'에서는 주격토 '가/이'가 나타내는 여러 가지 의미를 각각 다른 격으로 잡고 '변성격, 보격'을 설정하였으며 이희승의 '초급국어문법'에서는 조격토 '로/으로'가 나타나는 여러 가지 의미를 각각 다른 격으로 잡고 '사용격, 변성격, 원인격, 자격격' 등을 설정하였다. 이런 견해는 일본학자들에게도 적지 않다.

이것은 격형태체계 속에서 문법적 의미들을 따로따로 갈라내어 서로 다른 격으로 본 것으로서 두 말할 것 없이 격에 대한 의미론적 입장에서 출발한 것이라고 본다. 다른 언어에서도 그러하듯이 우리 조선어격에서 어느 하나도 소여격의 기준으로 될 수 있는 단일한 의미를 가진 격이라곤 없다. 예를 들어 속격토 '의'만 보더라도 그러하다.

① 중국의 수도는 베이징이다. [소속관계]
② 우리나라는 현대화 건설의 새로운 역사적 단계에 들어섰다. [성질, 특성의 표식]
③ 꽃밭의 나비. [장소]
④ 우리는 언제나 앞날의 승리를 굳게 믿는다. [시간]
⑤ 강철의 전사 [비유]
⑥ 재봉틀의 기름 [용도]
⑦ 인민들의 요구하는 일용품을 생산한다. [행동이나 상태의 주체]

이상에서 보다시피 만일 이런 문법적 의미들을 따로따로 갈라내어 격을 설정한다면 격의 수효는 헤아릴 수 없이 많을 것이다. 언어에는 특수하게 36개의 격을 가진 그루지야어나 20여개의 격을 가진 알바니아어가 있기는 하지만 대부분의 언어들은 격의 수효가 적다. 영어는 주격, 대격, 속격 등 3개 격이 있고 러시아어는 주격, 속격, 여격, 대격, 조격, 전치격 등 6개 격이 있으며 독일어는 주격, 속격, 여격, 대격 등 4개 격이 있다. 이와 같이 이런 언어들은 그 격이 아주 적지만 매개 격이 가지고 있는 그 의미적 용적은 조선어격보다 더 크다.

위에서도 이미 언급하였지만 격범주는 형태론의 다른 모든 범주들과 마찬가지로 문법적 형태를 기초로 하여 이루어진 문법적 의미와 문법적 형태의 통일이다. 그러므로 문장에서 이루어지는 개개의 문법적 관계가 다 격을 이룰 수는 없는 것이다. 그리하여 조선어격에서는 여러 가지 문법적 의미가 한 개 격에 의하여 표현될 수도 있고 동일한 문법적 의미가 서로 다른 격으로 표현될 수도 있는 것이다.

'조격'이 나타내는 여러 가지 문법적 의미의 예:
○ 트랙터로 밭을 간다. (도구)
○ 북경으로 간다. (방향)
○ 그는 열성적으로 일한다. (방식)
○ 인민 교사로 사업하고 있다. (자격)
동일한 문법적 의미(방향)가 다른 격으로 표현되는 경우의 예:
○ 극장에 간다. (위격)
○ 극장으로 간다. (조격)
○ 극장을 간다. (대격)

이상의 문제들에 근거하여 조선어격에서 격형태의 문법적 의미에 따라 격을 설정하는 것은 전적으로 그릇된 것이라고 본다.

둘째, 격토와 도움토의 나눔에 대하여

'께서, 께, 한테, 더러, 한테서, 하고, 보다, 처럼, 마낭'과 같은 토들을 어떤 문법서에서는 도움토의 부류에 넣는가 하면 어떤 문법서에서는 격토에 넣고 있다.

이런 토들을 도움토의 부류에 체계를 이루고 있지만 도움토는 추상성이 적고 어휘적 의미가 다분하며, 둘째, 격토는 어간의 어음적 구성의 영향을 입어 개폐 음절에 따르는 두 가지 토의 계열(가/이, 을/를, 와/과, 로/으로…)을 가지었고 모음 조화의 영향을 입어 양성 모음, 음성 모음, 중성 모음의 계열을 이루고 있지만 도움토는 그렇지 못하며, 셋째, 격토는 접사적 성격을 가지고 있으므로 그 형태의 어음 구성이 짧고 일반적으로 격형태는 단음절로 이루어지며 어간의 의존성이 강하나 도움토는 어음 구성이 길며 어간에 대한 의존성이 없고 어간과 연음되는 현상도 없으며 따라서 어휘라는 느낌을 준다고 하였다. 과연 이것이 격토와 도움토를 식별하는 유일한 기준으로 될 수 있겠는가?

필자는 이 기준에 대하여 도저히 수긍할 수 없다. 오늘날에 와서 이 기준은 격토와 도움토의 구조-결합적 특성과 의미-기능적 특성들을 올바로 밝히는 데서만 규명될 수 있는 것이라고 본다.

1. 구조-결합적 특성

격토는 1차적으로 체언에 붙어 쓰이지만 2차적으로 즉 용언의 체언형(ㅁ, 기) 아래에서도 쓰이고 대상화된 단어 결합이나 문장에도 붙어 쓰인다.

○ 겨울이 가고 봄이 왔다. [체언아래]
○ 여기는 살기가 좋은 고장이다. [용언의 체언형 아래]
○ 모 주석 철학저작 『인민 내부의 모순을 정확히 처리할 문제에 관하여』를 읽어 보았다. [단어 결합 아래]
○ 성공할 수 있느냐가 문제다. [문장 아래]

그 밖에 접속형이거나 보조적 기능을 노는 동사거나 부사의 뒤에서 2차적 격형태를 이루는 경우가 있는데 이것은 특수 형태로 쓰이는 경우로서 주로 강조를 나타낸다.

○ 얼굴이며 몸매이며를 [접속형 아래]
○ 그 문제에 관해서가 아니라 [보조적 기능을 노는 동사 아래]
○ 모두가 혁신자들이다. [부사 아래]

도움토는 단어의 문장론적 위치를 결정하지 못하기 때문에 2차적 형태조성과는 무관계하며 따라서 체언에 붙어 쓰이면서 또 용언이나 지어는 부사에도 붙어 쓰인다.

○ 선생도 학생도 [체언 아래]
○ 읽으면서도, 가려고도 [용언 아래]
○ 빨리는 간다, 빨리도 간다, 빨리만 가라,
○ 잘은 읽는다, 잘도 읽는다, 잘만 읽어라 [부사 아래]

그 밖에 구조-결합적 특성 면에서 본다면 격토와 도움토는 유사한 점이 많다.

격토나 도움토는 다 접사적 성격을 갖고 있으므로 일반적으로 어음구성이 짧고 그 형태는 1~2개의 음절로 이루어졌다.

한 개 음절-

　격　토: 가, 를, 의, 에, 로, 와, 야 (58%)

　도움토: 나, 는, 다, 도, 란, 만, 야, 요 (36%)

두 개 음절-

　격　토: 에게, 에서, 로서, 로써 (36%)

　도움토: 그려, 나마, 다가, 라도, 라야, 마다, 마저, 부터, 서껀, 조
　　　　　차, 커녕, 까지 (55%)

세 개 음절-

　격　토: 에게서 (0.8%)

　도움토: 마따나, 야말로 (0.9%)

격토나 도움토는 다 어간의 어음적 구성의 영향을 입어 개폐 음절에 따르는 두 가지 토의 계열을 가지고 있다.

　격　토: 가/이, 를/을, 로/으로, 로서/으로서, 로써/으로써, 와/과, 여/
　　　　　이여, 야/아 (66%)

도움토: 나/이나, 나마/이나마, 는/은, 라도/이라도, 라야/이라야, 란/
　　　　이란, 야/이야, 야말로/이야말로 (37%)

격토나 도움토는 일반적으로 어간과 다른 인접된 토와의 형태적 계
선이 비교적 뚜렷하며 구획성이 똑똑하다.

2. 의미-기능적 특성

격토는 체언뿐만 아니라 대상성 있는 단어나 단어 결합, 문장까지도
이러저러한 문장론적 위치에 놓이게 하여 다른 단어와 결합적 관계를
맺게 하지만 도움토는 격토와는 달리 문장론적 위치를 결정하지 못하
고 어떤 대상을 다른 유사한 대상과 연계시키면서 이러저러한 연관 관
계의 문법적 의미, 즉 관계적 의미만을 나타낸다.

격토의 예:

○ <u>동녘에서</u> 붉은 <u>해가</u> 솟아 오른다. (체언)
　　상황어　　　　주어

○ 참 <u>일하기가</u> 좋다. (용언의 체언형)
　　　주어

○ 선수들의 <u>훈련함을</u> 보았다. (용언의 체언형)
　　　　　보어

○ 나는 『<u>문학과 예술</u>』을 본다. (단어 결합)
　　　　보어

도움토의 예:

○ 그는 일<u>도</u> 잘하고 마음<u>도</u> 착하다. (체언, 포함)

○ 그<u>야</u> 힘이 장사지! (체언 강조)

○ 걷기<u>조차</u> 어렵게 되었다. (용언의 체언형, 포함)

○ 보고<u>만</u> 있지 말고 좀 도와 주렴. (용언, 제한)

○ 읽어<u>도</u> 보고 써<u>도</u> 보았다. (용언, 포함)

○ 빨리<u>도</u> 닫네! (부사, 감탄)

우리들은 격토의 문법적 의미와 이른바 '격토처럼 쓰이는 토' 그리고 도움토들 간의 문법적 의미들을 서로 비교해 보면 격토의 문법적 의미와 이른바 '격토처럼 쓰이는 토'에서 일부 토를 제외하고는 그 의미가 다양하고 발달되었음을 볼 수 있지만 도움토의 문법적 의미는 그리 다양하지 못하고 근근이 유사한 계열에 대한 연관 관계의 의미만을 나타내고 있다는 것을 똑똑히 보아 낼 수 있다.

모두어 말하면 격토와 도움토의 근본적 구별에서 구조-결합적 특성도 주요하겠지만 가장 주요한 구별적 특성은 문장론적 위치 관계를 나타내는가 못 내는가에 있다. 만일 문장론적 위치 관계를 나타내면 격토에 속하고 그렇지 못하면 도움토에 속하게 되어야 한다. (도움토에서는 '는/은, 란/이란, 마다, 부터, 서껀' 등은 때로 문장론적 위치 관계를 나타내지만 아무런 위치에서도 쓰이며 그것이 나타내는 문법적 의미는 어디까지나 연관 범주적 의미만을 나타내므로 격토가 아니라 도움토인 것이다.)

우리는 이상에서 언급한 격토와 도움토의 구별적 특성에 근거하여 일부 학자들이 주장하는 격토와 도움토를 가르는 기준은 과학적이 되지 못한다는 것을 알 수 있다. 이로 미루어보아 도움토로 인정하던 '께서, 께, 한테서, 더러, 랑/이랑, 하고, 보다, 처럼, 마냥'과 같은 토들은 그것의 구조-결합적 특성과 의미-기능적 특성으로 보아 마땅히 격토에 귀속시켜야 함은 자명한 일이다.

이 토들은 체언, 용언을 비롯한 각 품사에 쓰이지 않고 오직 체언에만 쓰이며 가장 주요한 특성으로 되고 있는 문장론적인 위치성을 가지는 그것이다.

○ <u>할아버지께서</u> 천지에 오르셨다.
　　　주어
○ <u>선생님께</u> 인사를 드린다.
　　　보어

○ 이 산수 문제는 <u>꽃분이한테</u> 물어 보아라.
　　　　　　　　보어

○ <u>순희한테서</u> 받은 선물이다.
　　　상황어

○ 이 문제는 <u>선생님더러</u> 물어보시오.
　　　　　　　보어

○ 넌 <u>누구랑</u> 영화구경 갔었니?
　　　보어

○ 이곳의 풍속은 <u>우리하고</u> 다르다.
　　　　　　　　보어

○ 그는 <u>누구보다</u> 학습에 열중한다.
　　　보어

○ <u>수정처럼</u> 맑은 샘물.
　　보어

○ 황금의 <u>물결마냥</u> 넘실대는 해란강벌.
　　　보어

예문에서 보다시피 이상에 든 토들은 도움토란 용기에 담을 수 없는 에누리 없는 격토인 것이다.

셋째, 일부 격토들을 '절반짜리 격토', 즉 제2부류의 격토로 잡는 데 대하여

일부 문법서에서는 격토에 넣어야 할 토, 즉 '더러, 한테, 랑/이랑, 하고, 처럼, 마냥, 보다'를 격토로부터 갈라내어 '격토처럼 쓰이는 토'라고 명명하면서 따로 설정하고 있다.

여기에서 이 토들의 의미적 기능을 '도움토'에 연계시키지 않고 이 토들을 위치토로 인정하고 문장론적인 위치성을 인정한 것은 진일보의 발전이라고 본다. 그러나 이 토들을 '격토처럼 쓰이는 토'라고 규정한 이것은 애매한 일이라고 아니할 수 없다.

이 문법서에서는 '격토처럼 쓰이는 토'들은 문법적 뜻의 폭이 좁고

문법적 추상화의 정도가 낮으므로 격토로는 되지 못한다고 하였다. 이를테면 '더러', '한테' 등은 '문법적 뜻의 폭이 좁고', '문법적 추상화' 정도가 여격토 '에게'보다 높은 단계에 이르지 못하기 때문에 '절반만 격토인 토'라고 하는 것이다.

　격토의 범위를 확정하는 데 있어서 이러저러한 차이가 주요 표식으로 되는 것이 아니라 그 토가 나타내는 문법적 의미가 어떤 측면의 의미인가 하는 것을 기본으로 해야 한다고 본다. 격의 의미는 모든 격에서 똑같은 것이 아니다. 매개 격들이 나타내는 의미는 격체계 속에서 차지하는 위치와 역할과 그 쓰임의 차이에 따라 서로 다른 폭과 깊이를 가지게 되는 것이다. 그럼 아래에서 '에게'와 같이 쓰이되 구두어에서만 쓰이는 '한테'의 의미적 기능을 살펴보기로 하자.

① 그 문제는 김선생한테 물어보시오. [행동이 미치는 대상]
② 도둑놈이 인민 경찰한테 잡혔다. [행동이 일어나게 하는 대상]
③ 나비 한 마리 꽃분이한테 와 앉았다. [행동이 지향하는 목표]
④ 동무의 방조는 나한테도 크오. [행동이나 상태가 작용을 미치는 대상]
⑤ 그 책은 영희한테도 있다. [상태가 존재하는 고정적 위치]
⑥ 사과배를 다섯 학생한테 각각 두 개씩 나누어 주었다. [기준으로 되는 단위]
⑦ 무슨 일이든 남한테 뒤지지 말아야 한다. [행동이나 상태가 의지하여 일어나는 대상]

'격토처럼 쓰이는 토'들 가운데서 '께서, 께, 랑/이랑, 하고'는 위에서 예를 든 '한테'에서와 같이 그 의미적 기능이 어느 정도 발달되었지만 '더러, 처럼, 마냥, 보다'는 그렇지 못하다.

　우리들은 조선어 토의 발생, 발전에서 문법적 의미를 나타내는 토들은 그 문법화 과정의 발전 정도가 각기 다르다는 것을 엿볼 수 있다.

예하면 접속토 '고'의 문법적 의미는 10가지를 나타내고 '면'의 문법적 의미는 15가지를 나타내지만 '르지라도', '레'의 문법적 의미는 한 가지만을 나타낸다. 이와 같이 접속토에 포괄되어 있는 백여 개 토들의 추상화 정도가 이렇듯 현저하게 차이가 있지만 모두 몰밀어서 '접속토'에 귀결시키고 있다. 그런데 하물며 격토에서만 어찌 두 가지 격토를 설정할 수 있겠는가? 이것은 아주 부당한 처사라고 본다.

이상에서 열거한 사실들에 근거하여 격토에 넣어야 할 토들을 격토로부터 갈라내어 '격토처럼 쓰이는 토'를 설정할 이론적 근거가 없다는 것은 아주 자명한 일이다.

우리들은 위에서 조선어의 격체계와 그의 형태를 둘러싸고 제기되는 몇 가지 문제들을 살펴보았다.

격범주는 형태론의 다른 모든 범주들과 마찬가지로 문법적 형태를 기초로 하여 이루어진 문법적 의미와 문법적 형태의 통일이다. 그러므로 격을 이루는 데 있어서 무엇보다 먼저 형태이며 의미가 아니다. 한 형태에 여러 가지 의미가 있을 수 있지만 그 의미의 기능에 따라 여러 가지 격을 설정할 수는 없는 것이다. 만일 문법적 형태에 기초하지 않고 문법적 의미의 다의성에 의하여 격을 설정한다면 그 수효는 부지기수일 것이다.

일부 격토들을 도움토에 귀속시키는가 아니면 '격토처럼 쓰이는 토'를 설정하여 '절반짜리 격토'로 잡는가 하는 것은 격범주의 본질적인 특성과 토움토의 본질적인 특성들을 잘 식별하지 않는 데서 오는 것이라고 본다.

조선어 격범주의 제 특성에 근거하여 조선어 격범주의 체계를 구성하면 다음과 같다.

격의 이름	격형태	주요 의미와 기능
① 주　격	가/이, 께서	설명되는 대상. 주어
② 대　격	를/을	직접 대상. 보어
③ 속　격	의	규정적 관계. 규정어
④ 여　격	에, 에게, 께, 한테, 더러	간접 대상. 보어
⑤ 위　격	에서, 에게서, 한테서	행동이 진행되는 장소. 상황어
⑥ 조　격	로/으로, 로서/으로서, 로써/으로써	행동이 이루어지는 수단, 방향. 상황어
⑦ 구　격	와/과, 하고, 랑	상대하는 대상, 병렬. 보어
⑧ 비교격	보다, 처럼, 마냥	비교되는 대상. 보어
⑨ 호　격	여/이여, 야/아, 시여/이시여	부름을 받는 대상. 호칭어

주　해:

① '제1차 KOREA학 국제 교류 세미나 논문집'90페이지.

② 최현배는 '우리말본'에서 격토를 '자리토씨(格助詞)'라 하였다.

③ 이희승은 '초급국어문법'에서 격토를 '격조사'라 하였다.

Ⅱ. 단어의 한계에서 나서는 이론 실천적 문제

오늘날 품사론적 견지에서 조선어 단어의 한계를 어떻게 긋는가 하는 것은 어휘－문법적 부류에 대한 품사 소속 문제를 옳게 해결할 수 있을 뿐만 아니라 나아가서 언어 교수, 사전편찬, 문자 개혁, 기계 번역 등 면에서 커다란 실천적 의의를 가지고 있다.

그러나 국내외적으로 볼 때 이 면에 대한 연구가 활발하게 진행되지 못하고 있으며 학자들 간의 견해도 일치하지 못하다. 더욱이는 최근 연간에 새로운 띄어쓰기 규범에 좇아 어휘적 단위들을 많이 붙여 씀에 따라 단어의 한계를 긋는 데서 더 어려운 문제들이 나서고 있다.

필자는 우리말에 나서고 있는 이런 초미의 문제들에 대하여 고찰해 보려 한다.

1

단어의 한계를 올바로 긋자면 무엇보다 먼저 단어의 본질적 특성과 단어의 구조적 특성들을 옳게 밝힌 다음 단어의 분별적 표식들을 잘 찾아내야 한다.

단어란 무엇인가? 이 문제에 대한 학자들의 견해는 아직도 완전한 일치를 가져 오지 못하고 있다. 이것을 몇 가지로 간추려서 보면 다음과 같다.

첫째, 단어를 품사와 같은 것으로 보는 견해

둘째, 조선어 토(어미, 조사)까지 다 같이 토가 붙은 것을 하나의 단어로 보는 견해

셋째, 체언이나 용언에 다 같이 토가 붙은 것을 하나의 단어로 보는 견해

넷째, 단어는 언어의 기본 단위라고 보는 견해

그럼 아래에서 그 견해들을 하나하나 구체적으로 분석하여 보기로 한다.

첫째, 단어를 품사와 같은 것으로 보는 견해에 대하여

최현배는 '우리말본'에서 "씨(낱말)는 말의 단위(낱덩이)이니 따로따로 어떠한 생각을 가지고 말함과 글월을 이루는 직접의 재료가 되는 것이니라."라고 하였다. 여기에 쓰인 '씨'라는 말은 주시경 선생 이후의 용례로 보아 '품사'라는 뜻으로 쓰인 것이고 '낱말'은 '단어'라는 의미를 우리말로 적은 것이다. 이 정의에서 최현배는 단어와 품사를 같은 것으로 보았다.

단어와 품사는 등가적인 단위로 될 수는 있지만 결코 같은 것이 아니다. 단어를 언어의 기본 단위라고 한다면 품사는 단어들이 지니고 있는 단어 조성적 표식의 공통성에 의하여 나눈 단어들의 어휘－문법적 부류를 말한다. 그러므로 단어를 품사와 같은 것으로 보는 견해는 그릇된 것이다.

둘째, 조선어 토까지 일종의 단어로 보는 견해에 대하여

이 견해는 초기 문법학자 주시경, 안곽 등인데 체언이나 용언을 막론하고 다 어간과 토를 갈라서 단어로 보며 독립된 품사로 잡았다. 체언에 붙는 토는 후사, 겻, 겻씨, 조사, 토, 관련사 등의 명칭을 달았고 용언에 붙는 토는 조동사, 조용사, 끗, 맺씨, 완결사, 종지사란 명칭을 달았다. 이 견해에 의하면 '모든/ 꽃/이 /매우 /곱/다.'는 여섯 개 단어로 된다. 지금도 일부 학자들은 체언토는 조사로 보고 용언토는 어미로 본다.

단어는 문장에서 주로 어휘－문법적 의미를 나타내면서 자립적으로 쓰이지만 토는 언제나 단어의 어간에 의존하면서 관계적 의미, 즉 문

법적 의미만을 나타내므로 그 자체가 자립적으로 쓰이는 일이 없다. 그러므로 토는 단어인 것이 아니라 하나의 형태부에 지나지 않는다. 이 견해는 그릇된 것이다.

셋째, 체언이나 용언에 다같이 토가 붙은 것을 하나의 단어로 보는 견해에 대하여

'신편고등국어문법', '조선어문법'(조선민주주의인민공화국 과학원) 등에서는 체언이나 용언에 다같이 토가 붙은 것을 하나의 단어로 보고 있다.

이 견해는 '꽃, 꽃이, 꽃을, 꽃의'가 하나의 단어이며 '이, 을, 의'는 '꽃'의 문법적 형태라고 본다. 이와 같이 아무 것도 붙지 않는 그것이 이 단어의 형태이며 이런 형태를 영형태라고 한다. 그리고 이와 같이 체언의 경우에는 아무런 토도 붙지 않은 것이 사전적 단위로서의 단어로 되고 용언의 경우에는 서술식토 '다' 하나만이 붙은 것이 사전적 단위로서의 단어로 되며 체언이나 용언에 토가 붙은 것이 문장 구조적 단위로서의 단어로 된다고 한다.

○ 해바라기, 우리, 배우다, 아름답다 (사전적 단어)
○ 해바라기가, 우리들이, 배우면서, 아름다우니 (문장 구조적 단어)

그리고 일부 학자들은 문장 구조적 단위로서의 단어를 '형태 단어'라고 부름으로써 사전적 단위로서의 단어와 엄격히 구별해야 한다고 말한다.

그러나 어떤 학자들은 문장 구조적 단위로서의 단어도 단어인 것만큼 '집으로부터'도 단어로 보며 지어는 '집에서부터였겠습니다그려'와도 같이 13~14음절로 된 것도 단어로 보아야 하니 이와 같이 긴 단어가 어디 있는가 하고 묻고 있다.

넷째, 단어는 언어의 기본 단위라고 보는 견해에 대하여

필자는 이상 네 가지 견해 가운데서 바로 마지막 견해에 따른다.

이 견해는 즉 단어는 말소리 복합체와 뜻의 통일체로 이루어져 있으

며 문장에서 자유롭게 쓰일 수 있는 최소의 언어적 단위를 말한다.

단어는 어음 결합체와 뜻으로 이루어졌다. 단어의 뜻은 어음 결합체와 객관 세계의 사물, 현상의 연계인 것이다. 단어의 뜻은 반드시 어음 결합체와 연계되어야 현실화되는 것이다. 이렇게 볼 때 어음 결합체는 단어의 형식으로 되고 뜻은 단어의 내용으로 된다. 그러나 이 양자간의 관계는 필연적인 관계인 것이 아니라 자의적인 관계를 가지고 있다.

단어는 또한 대상, 현상, 행동 등에 관한 개념을 나타내므로 언어에서 명명적 단위로 되며 또한 일정한 뜻을 가짐으로써 어휘적 의미를 가진 어휘론적 단위로 된다. 단어는 문법적 형태를 갖추고 다른 단어와 결합될 수 있는 단위로서 문장에서 일정한 성분적 기능을 수행한다.

단어는 자립적으로 쓰일 수 있는 최소의 언어적 단위이다. 예를 들면 단어 '나무'를 '나'와 '무'로 나누거나 '아버지'를 '아' '버' '지'로 나누면 무의미한 것으로 되어 단어이기를 그만둔다. 단어 '풋잎', '망치질'의 경우에 있어서도 '풋'과 '잎', '망' '치'와 '질'로 나눌 수 있으며 이것들이 각각 일정한 뜻을 나타낸다고 하더라도 '풋'과 '질'은 자립적으로 쓰일 수 없기 때문에 단어로 되지 못한다. 그리고 '사과배', '황소걸음'과 같은 단어들에서 '사과'와 '배', '황소'와 '걸음'으로 나눌 수 있고 그것들이 자립적으로 쓰일 수 있다 하더라도 그것들을 나누면 단어로서의 전일성이 파괴된다.

이상에서 단어에 대한 학자들의 견해를 종합 분석하면서 단어의 본질적 특성을 구명하였다.

다음으로 우리말 단어의 구조적 특성을 보기로 한다.

우리말 단어들이 이루어지는 수법에서 나타나는 특성은 우리말 단어 구조의 민족적 특성을 규정짓는다.

1) 조선어 단어만들기 수법으로는 합성법, 접사법, 어음 전환법, 품사 전성법 등이 있는데 그 가운데서 합성법이 풍부하게 발전되어 있다.

① 합성법에서 어근들이 어울리는 수법으로는 문장에서 단어가 어울

리는 수법의 거의 모두가 이용되고 있다.

② '명사 어근+명사 어근'의 단어의 결합에서도 토가 끼이지 않지만 '동사 어근+명사 어근'의 단어의 결합에서는 토가 끼이는 것이 전형적으로 되어 있다.

③ 합성어들의 결합적 유형은 다양하게 발전되어 있다. 그 일례로 명사의 합성법만 본다면 다음과 같다.

　ㄱ. 융합적 유형 (소나무, 다달이, 부삽…)

　ㄴ. 어근적 유형 (국제정세, 여류작가, 낟알…)

　ㄷ. 합성적 유형 (밤낮, 아들딸, 웃음꽃)

　ㄹ. 축약적 유형 (김대, 사로청, 공청단…)

　ㅁ. 분석적 유형 (조선여성, 인민해방군)

　ㅂ. 결합적 유형 (큰아버지, 디딜방아, 먼바다…)

2) 우리말의 단어 구조에서는 접사법도 상당히 발전하였다. 접사법은 그 쓰이는 범위가 일정한 제한성을 가지지만 그 수가 많고 다양하기 때문에 단어를 이루는 데서 상당히 많이 쓰이고 있다. ['현대조선말사전'에 수록된 접두사는 166개(그중에 고유 조선어로 된 접두사는 95개이고 한자어로 된 접두사는 71개)이고 접미사는 176개(고유 조선어로 된 접미사는 105개이고 한자어로 된 접미사는 71개)이다.]

3) 우리말에서 토는 교착적 성격을 가진 형태부이다.

① 토는 일정한 문법적 뜻을 나타내며 엄격한 질서에 따라 단어의 줄기에 붙는다.

② 토는 단어를 이루는데 참가할 뿐만 아니라 품사적 성격을 규정하는 데 중요한 역할을 논다.

그 다음 단어의 분별적 표식을 어디에서 찾는가 하는 문제에 대하여 보기로 하자.

일부 학자들은 단어의 분별적 표식을 최소의 자립 형태란 점에 두면서 다음과 같이 규정하였다.

첫째, 형태소류는 자립성이 없으므로 단어에 덧붙은 요소로 본다. (꽃이/들에도/산보다, 곱다/피었다/잎이다)

둘째, 의존사는 띄어쓰기와 관계 없이 의존형으로 보고 단어에 덧붙은 요소로 본다. (녹는것/잃는 바이다/넓은 데[의존 명사], 피게 된다/먹어 본다/읽어댄다[의존 동사])

셋째, 복합어, 파생어, 합성어 등의 숙어는 한 단어로 본다. (잣나무/나뭇가지/거미줄[복합어] 무수한/번쩍거린다/헛수고[파생어] 일어난다/돌아왔다/디딜방아/닭의장[합성어])

이 분별적 표식으로는 복잡하고 다단한 우리말의 단어 한계를 긋지 못한다. 그리고 보조적 단어인 불완전 명사와 보조적 동사들을 단어로 보지 않고 단어에 덧붙은 요소로 보는 것은 그릇된 견해이다. 불완전 명사만 보더라도 그 자체로써 규정어적 결합 속에서 구체적인 대상이나 현상을 표현하므로 단어이다.

지금 많은 학자들은 조선어에서 단어의 분별적 표식을 찾는 데 다음과 같은 것을 규정하였다.

첫째, 어음적 측면에서는 단어 안에서 작용하고 있는 어음 법칙(두음 법칙과 말음 법칙, 연음 법칙, 절음 법칙, 모음 조화 현상 등)에서 (작은아버지→자그나버지[삼촌])

둘째, 어휘-의미적 측면에서는 전일적인 의미의 완결성에서

셋째, 문법적 측면에서는 그 단어가 가지고 있는 문법적 형태(주로 위치적 형태)에서

넷째, 기능적 측면에서는 명명의 기능에서

이 규정은 지금까지 단어의 한계를 짓는 유일한 표식으로 되어 왔다. 그러나 과학 기술의 발전과 사회의 전진은 끊임없이 새로운 사물 현상들을 낳으며 그것을 명명하는 새 단어를 요구하게 되기 때문에 이 규정만으로써는 그 한계를 긋기가 어렵게 되었다. 그러므로 우리는 우리말을 더 잘 한계 지을 수 있는 표식들을 더 찾아내야 한다고 본다

(일부 학자들은 새로운 표식으로 서사적 특성과 유형학적 특성을 더 보충하고 있다).

2

품사론적 견지에서 단어의 한계를 긋는 문제로 나서는 것은 1) 자립적 단어와 보조적 단어의 한계를 긋는 문제, 2) 단어와 형태부와의 한계를 긋는 문제, 3) 단어와 단어 결합의 한계를 긋는 문제이다.

1. 자립적 단어와 보조적 단어의 한계에서 나서는 문제

자립적 단어와 보조적 단어들은 다 단어의 범위에 속하므로 단어의 한계 문제에서 그리 문제로 나서지 않지만 일부 단어들은 자립적 단어로부터 문법화, 추상화 과정을 거쳐 보조적 단어로 넘어가기 때문에 한계를 긋는 문제가 나서게 된다. 예하면 완전 명사적으로 쓰이는 '바람, 서술, 셈, 나머지, 길, 말' 등과 같은 단어들에서 어떤 것은 '불완전 명사'로, 어떤 것은 '불완전 명사적으로 쓰이어', 어떤 것은 '규정어 뒤에서'라는 등으로 이름을 달고 있다. 이런 것들은 애매한 표식이라고 하지 않을 수 없다. '문법화 과정에 있는 보조적 단어'들은 언제 가야 완전한 보조적 단어로 될 수 있는가? 그 계선이 똑똑하지 못하다.

○ 감격과 흥분으로 하여 어떻게 대답했으면 좋을지 모르는 모양이였다. (추측)
○ 제국주의가 존재하는 한 전쟁의 위협은 계속 있을 것이다. (조건)
○ 그것이 옳다고 생각하는 이상 끝까지 해내야 한다. ('하는 바에는')

이런 단어들은 문장 가운데서 독자적으로 쓰이지 못하고 늘 앞에 어

떤 규정하는 말이 오며 의미의 면에서도 대상적 의미가 불완전하며 문법적 의미의 표현에 복무한다.

어느 문법서에서는 완전 명사인 '놈'을 불완전 명사에 넣었지만 '년, 녀석, 작자…' 등은 언급도 하지 않았다. 자립적으로 쓰이던 이 단어들은 점차 '이, 그, 저'나 규정어와 결합되어 쓰이면서 대상자를 낮잡아 이르거나 홀하게 이르거나 증오하여 쓰인다. 그러므로 이러루한 단어들도 문법화 과정에 있는 단어라고 보아야 한다.

그리고 '이것, 그것, 저것'은 대명사로 즉 단어로 되어있으나 '이곳, 그곳, 저곳', '이때, 그때'는 단어인가 아니면 무엇인가?

일부 학자들은 명사의 일정한 격 형태와만 결합하여 쓰이는 '…에 관하여, …에 관한', '…에 의하여, …에 의한', '…에 즈음하여, …에 즈음한' 유형의 단어들과 '…을 위하여, …을 위한' 유형의 단어들, '…로 말미암아, …로 말미암은' 유형의 단어들, '…와 더불어' 유형의 단어들을 그 어휘－의미적인 특성과 문법－기능적인 특성으로 보아 보조적 단어인 '후치사적 단어'로 보고 있다.

2. 단어와 형태부와의 한계에서 나서는 문제

형태부는 단어의 한 구성 부분을 이루는 단위이므로 단어와의 한계는 비교적 뚜렷하다고 말할 수 있지만 자립적인 기능을 수행하던 단어들이 어휘－문법적 표식을 잃고 형태부로 넘어가는 경우가 있으므로 단어와 형태부의 한계를 긋는 문제가 나선다.

1) 명사와 접사의 한계에서

'현대조선말사전'에서는 '접두사', '접두사처럼 쓰이어', '접두사로 쓰이어'와 '접미사', '접미사처럼 쓰인다.', '접미사로도 쓰인다.'라고 그 미세한 차이를 보이고 있다.

예하면 '겉가량, 겉대중, 겉짐작, 겉날리다, 겉마르다, 겉늙다'에서 '겉'은 '접두사처럼 쓰이어'의 부류에 넣고 '실구름, 실버들'에서 '실'은 '접두사로 쓰이어'의 부류에 넣었다. 그리고 '지도국, 관리국, 서기국'에서 '국'은 '접미사처럼 쓰인다.'는 부류에 넣고 '사업망, 교통망'에서 '망'은 '접미사로도 쓰인다.'는 부류에 넣었다.

필자는 이 규정으로써는 접사의 한계를 긋기가 어렵다. 여기에 쓰인 규정 자체가 접사로 본 것인지 아니면 과도하는 접사로 본 것인지 아니면 명사가 그런 구실을 한다는 것인지 똑똑하지 못하다. 그리고 예를 든 접사들은 단어의 주요한 표식인 명명적 기능과 어휘—문법적인 표식들을 갖추고 있으므로 접사로 볼 것이 아니라 자립적인 명사로 보아야 하지 않겠는가고 본다.

2) 관형사와 접두사의 한계에서

많은 문법서들에서는 관형사어들과 명사어들이 결합된 것을 '접두사적으로 쓰이어'라는 규정을 짓고 있다. 예를 들면 '맨머리, 별걱정, 긴긴날…'과 같은 것이다. 이런 단어들은 자립적으로 쓰이는 품사인 관형사인 것만큼 '관형사 어근＋명사 어근' 유형으로 보아야 한다.

그리고 '전'은 관형사인지 아니면 접두사인지 하는 것을 종잡기 어렵다. 관형사라면 띄어 써야 하고 접두사라면 붙여 써야 한다고 본다. '전'을 모든 한자어 단어들과 붙여 쓰면서 관형사라고 한다면 무리가 아닐 수 없다.

'전교, 전국, 전민'에서 '전'은 관형사인가 명사 어근인가? '교, 국, 민'은 접미사인가 명사어근인가? 이 단어의 한계를 어떻게 긋는가 하는 문제들이 나서고 있다.

3) 토와 접미사의 한계에서

'넘어뜨리다'와 '동무들끼리'에서 접미사 '뜨리'와 '끼리'는 접속토 '어', 복수토 '들' 다음에 붙었다. 단어 구조에서 접미사는 어근 다음에 붙은 것인데 토 다음에 붙었다. 이런 현상들을 그저 우리말의 고유한 특성으로만 보아야 하겠는가, 그렇지 않으면 다른 것으로 보아야 하는가 하는 것들이 연구되어야 한다고 본다.

3. 단어와 단어 결합의 한계에서 나서는 문제

우리말에서 단어의 한계 문제는 단어와 단어 결합 즉 합성어와 단어 결합에서 특별히 복잡하고 어려운 문제로 나서고 있다. 그것은 단어 구조의 교착적인 결합 방식과 관련된다고 본다.

단어와 단어 결합 사이에는 어떤 본질적 차이가 있는가? 단어 결합은 분할된 표상을 나타내면서 서로 구별되는 명명적 단어들로 구성되며 그 구성가운데서 들어오는 매개 단어가 개별적 형태를 갖추나 단어에서는 합성어라 하더라도 그 전체로써 형태를 갖추게 된다. 그리고 문장가운데서 단어는 언제나 하나의 성분으로 되나 단어결합은 하나 또는 두 개의 성분으로 된다.

합성어에서 지난날 분별적 유형으로 다루던 것은 오늘날 '절대격형 어근+어근'유형의 새 합성어를 다루면서 적잖은 문제들을 해결하였지만 그러나 중요한 문제들이 제기된다. 예하면 3개의 어근이 아니라 그 이상의 어근들이 결합된 '공작기계새끼치기운동', '좋은일하기운동' 등이 단어인가 아니면 명칭인가 하는 문제가 나선다. 일부 학자들은 이런 것이 하나의 대상, 하나의 개념, 하나의 성분을 나타내고 있지만 단어 표식으로서의 전일성을 고려할 때는 애매한 감이 난다고 한다. 우리들은 단어의 전일성과 개념의 전일성, 명칭의 전일성과의 관계를 더 똑똑히 밝혀야 한다고 본다.

합성어에서의 위치적 소멸 유형은 용언의 규정형과 명사와 결합하여 이루어진 유형이다. 즉 '르/ㄴ'형의 어근과 '는/은'형의 어근이 다른 어근과 결합될 때 그런 규정토들이 시간 관계를 벗어나서 순수한 결합 관계를 나타낸 합성어의 유형을 말한다. 예를 들면 '땔나무, 쥘부채, 잔돈, 뜬소문, 붉은기, 작은아버지'와 같은 단어들이다. 이런 부류의 단어들은 오늘 한자말 학술 용어를 다듬어 쓰는데서 활발하게 쓰이고 있다. 그러나 오늘날 '르/ㄴ', '는/은'의 규정토가 시간 관계를 벗어나서 순수한 결합 관계를 나타낸다는 규정만으로는 해결할 수 없다. 즉 '르/

ㄴ’, ‘는/은’ 형의 규정어형의 어근과 명사적 어근이 결합될 때 시간 범주적 의미를 고려하여 다듬은 합성어들도 있기 때문이다.

○ 미래－버릴물(폐수), 버릴가스(폐가스), 못쓸소(폐우)
   현재－듣는사람(청중), 흰고치(백색견)
   과거－쓰고난솜(폐면), 쓰고난털(폐모), 막은문(폐문)

이런 유형의 표현들이 그대로 현행적인 문장론적 기능의 담당자로 남아 있는 경우에는 그 결합 형성체는 자유로운 문장론적 단어 결합으로 된다.

○ 땔나무(단어), 불 땔 나무(단어 결합), 길짐승(단어), 기는 짐승 (단어
   결합)

오늘날 새 띄어쓰기 규범이 적용되면서 ‘체언 어근＋용언 어근’ 유형의 새 합성어들이 많이 만들어지고 있다.

○ 지성어리다, 말썽부리다, 노을지다, 매듭짓다
   물결치다, 능력있다, 보람없다.
   눈부시다, 꽃피다, 납덩어리같다…

이런 단어들은 그 사이에 ‘가/이’, ‘를/을’, ‘와/과’ 토가 끼이면 단어 결합으로 된다. 그러나 두 개 이상의 어근이 결합된 합성어에 다른 용언 어근이 왔을 때는 새로운 합성어를 이루기 어렵기 때문에 단어 결합으로 보아야 한다.

○ 꽃피다(단어), 진달래꽃 피다(단어 결합), 장마지다(단어), 가을장
   마 지다(단어 결합)

자유롭지 않은 단어 결합의 한 부류인 성구적 결합에서 토가 생략되었을 때 이것들을 한계 짓는 문제가 나선다.

'현대조선말사전'에서는 '겁(을) 먹다, 망(을) 보다, 눈(을) 속이다, 눈꼴(이) 사납다…'의 경우에 두 개 단어로 갈라보고 있다.

그러나 용언의 경우에는 '놀고먹다, 물고뜯다, 파고들다, 안고돌아가다…'에서 하나의 단어로 보고 있다.

이상의 두 가지 예에서 단어 구조적 수법은 서로 다르지만 성구적 결합으로서의 동질성은 같다고 본다. 더욱이는 위에 든 단어들의 분별적 표식으로 보아 하나의 단어로 다루는 것이 옳다고 본다.

앞에서도 이미 언급하였지만 우리말 단어 구조에서는 합성법이 가장 풍부하게 발전되어 있다. 지금 명사의 합성적 수법은 주로 '단어＋단어' 유형의 수법으로 발전하여 나가고 있다. 이러한 수법은 우리말 어휘 구성을 풍부하게 하는 데 적극 이바지할 것이라고 본다.

Ⅲ. 조선어의 민족적 특성에 대한 연구

1. 서 론

우리 겨레는 반만년의 유구한 역사와 민족 문화의 우수한 전통을 지니고 있는 문명한 민족으로서 오랜 옛날부터 동방 문화를 꽃피우고 인류 문화의 보물고에 찬란한 민족 문화를 창조하여 준 슬기롭고 재능 있는 민족이다.

우리 조선말은 아름다운 말소리, 풍부한 어휘와 표현, 정밀한 문법 구조, 다채로운 문체 그리고 훌륭한 글자를 가지고 있는 우수한 언어이다.

조선어의 이와 같은 우수성은 조선어의 민족적 특성과 긴밀히 연계되어 있다. 그러므로 많은 학자들은 민족어의 기본 표징인 우리말의 민족적 특성을 살려 나가기 위하여 피타는 노력을 기울여 왔으며 이 면에서 커다란 성과를 이룩하였다. 하지만 해방 후 조선 국토 분단의 40여년 역사는 북과 남에서 다같이 우리말의 민족적 특성을 옳게 살려 나가는가 살려나가지 못하는가 하는 것을 북과 남에 조성된 언어적 차이를 줄이고 민족어의 통일적 기반을 구축하는 데 있어서의 근본적 문제와 직결되고 있다.

필자는 당면에 우리말의 민족적 특성을 살려 나감에 있어서 제기되는 몇 가지 문제에 대하여 천박한 견해나마 천명해 보려고 한다.

2. 언어의 민족적 특성과 역사적 전통과의 관계

언어의 민족적 특성은 민족적 성원들에게 공통적인 의사 전달의 수단으로 복무하여 오는 과정에 역사적으로 형성된 민족적 산물로서 오직 민족에 고유한 언어적 특성인 것이다.

다시 말하면 언어의 민족적 특성은 오랜 역사를 거쳐 내려 오면서 해당 민족의 민족적 생활 양식과 감정에 맞게 가꾸고 겨레의 지혜와 슬기를 담아 자기의 훌륭한 전통을 살려 오는 과정에 형성된 것이다. 언어의 민족적 특성에는 해당 민족의 사상과 감정, 정서와 의지, 기질과 지향, 슬기와 풍습, 전통과 역사 등이 민족적인 모든 것이 반영된다.

언어의 민족적 특성은 어음, 어휘, 문법, 문체 등 모든 언어적 단위에서 나타난다. 그렇지만 그 가운데서도 어휘적 단위는 언어의 민족적 특성을 나타내는 데 있어서 특히 중요한 언어적 단위로 되고 있다.

그럼 아래에서 언어의 민족적 특성을 살려 나감에 있어서 제기되는 몇 가지 문제를 구체적으로 고찰해 보기로 한다.

1) 조선어에서의 한자 혼용에 대하여

우리 겨레는 자기 고유한 민족 문자를 창제하기 전에 오랫동안 한자를 서사어로 받아들여 써왔다. 한자는 본질적으로 한어를 위하여 만들어진 문자 체계이다.

우리 선조들은 일찍 '리두'나 '향찰'의 방법으로 조선말을 적어 보려고 시도하였지만 그 뜻을 이루지 못하였다.

조선 인민은 1444년에 이르러서야 드디어 자기의 고유한 문자인 '훈민정음'을 창제하였다. 하지만 봉건 통치자들의 한자 숭배 사상으로 말미암아 '훈민정음'을 쓰지 못하고 오랫동안 한문과 한자를 써왔다.

일제가 조선을 강점하기 전 19세기 말과 20세기 초에 주시경 선생을 비롯한 애국적이며 선진적인 계몽가들이 벌린 '언문일치' 운동에서 큰

성과를 거두게 되자 나라의 공식적인 서사어에서 한자와 조선 고유어 문자를 섞어 쓰도록 하였다. 그 후 줄곧 우리글에서 한자와 조선 고유어 문자를 섞어 써왔다.

해방 후 조선에서는 문맹 퇴치 운동을 대중적으로 벌리면서 1949년부터 모든 출판물에서 한자 사용을 완전히 폐지하였다. 이로 하여 조선 인민들의 서사 생활이 개선되고 글의 사회적 기능을 한층 높이게 되었다.

중국의 조선족들도 1952년과 1953년을 전후하여 우리 조선문으로 된 신문, 잡지와 모든 교과서들에서 한자를 폐지하였다.

하지만 남에서는 해방 후 '순 한글전용' 운동을 벌려왔지만 근본적인 해결을 가져 오지 못하였다. 그 대신 신문, 잡지와 일부 도서들에서는 한자를 더 사용하고 있다.

이것은 남북간의 언어적 차이에서 제일 눈에 띄는 차이라고 보아진다. 그럼 남에서 우리말의 문법 구조를 다루고 있는 문법책의 실례를 들어 보기로 하자.

○ 19世紀 西洋人의 韓國語 研究의 諸般動向(10페이지)을 體系的으로 敍述하려면 個別研究業績에 대한 書誌·文獻的 整理作業이 우선적으로 進行되어야 한다. ('國語文法의 研究' pp.253~254)

○ 言語의 觀點이 Ergan이냐, Energeia냐에 따라 言語觀의 2大系譜가 형성된다. ('국어문법연구' p.55)

이 두 문장에서 한자와 영어를 빼버리면 남는 것은 무엇인가? 그것은 다만 우리글의 토뿐이다.

이 글에서 만일 조선어 고유 문자로 다 표기한다면 내용 전달에 어떤 손색이 있다고 보아지는가? 그런 것은 아니라고 믿어진다. 이것은 우리글에 대한 인식과 태도 문제라고 보아진다. 한자를 진서로 보고 사대주의에 물젖은 사람들만이 그런 글을 쓰고 있고 그런 글을 두 손

들어 환영하고 있다.

직설적으로 말하여 우리들이 한자 혼용을 반대하는 이유는 어디에 있는가? 그것을 간추려보면 다음과 같다.

첫째로, 조선 글자는 자모 문자(자모 40자, 음 절자모 2,500여자)이므로 배우기 쉽고 쓰기 쉽기 때문에 빠른 시일 내에 배울 수 있지만 한자는 표의 문자로서 구조가 복잡하고 자획이 많고 글자수가 많아 배우기 어렵고 기억하기도 아주 어렵다. 그러므로 학교 교육이나 사회에서 불필요한 정력과 시간을 허비하게 된다. 이를테면 대만의 경우를 보더라도 국어 시간을 통해 한자 2,400자를 익히는데 1주일 8시간에 5년이 걸린다고 한다.

둘째로, 출판 인쇄에서의 현대화를 다그치려면 한자 혼용을 하지 말아야 한다.

셋째로, 타자기, 텔레타이프, 사진식자기, 컴퓨터 등 현대 기계화를 실시하려면 한자를 버려야 한다.

그 외 한자는 배우기 어려운 문자로서 많은 폐단을 가지고 있기 때문에 한자를 만들어낸 한족들도 앞으로 한자를 버리고 병음 문자로 대체하려 하고 있다.

위대한 노신 선생은 일찍 1934년에 한자 폐지를 주장하였다. 그는 다음과 같이 말하였다.

'한자와 중국과는 양립할 수 없다. 한자가 망하든지 중국이 망하든지 두 가지 중의 하나이다. 한자가 망하지 않으려면 중국이 망해야 하고 중국이 망하지 않으려면 한자가 망해야 한다. 우리는 모름지기 한자를 망하게 함으로써 중국을 건지지 않으면 안 된다.'

위에서 보는 바와 같이 노신 선생은 한자 사용의 폐단을 통절히 느끼면서 '라틴 신문자운동'을 벌리었다.

오늘 중국에서는 이런 폐단들을 극복하기 위해 5만자에 달하는 한자 가운데서 몇 천 개에 달하는 번체자들을 약자로 고쳐 쓰고 있다. 그런

데 유독 남에서만은 그 어렵고도 까다로운 한자를 그대로 번체자로 쓰고 있어 어찌 통탄하지 않겠는가?

우리들이 한자를 폐지한 40년의 역사는 한자 혼용이 우리 서사 생활의 발전을 가로막으며 조선 글자의 자주성과 민족적 특성을 말살해 버린다는 것을 실증하여 주고 있다.

2) 조선어 어휘 구성에서의 2중 언어 체계에 대하여

세계에는 대략 3,000개를 헤아리는 수많은 언어가 있는데 기본적으로 자기의 어휘 체계와 문법 체계를 가지고 있으며 자기의 고유한 민족적 특성을 가지고 있다.

우리 조선말은 역사 발전의 제 원인으로 하여 조선어 어휘 구성 속에는 기원의 측면에서 고유 어휘, 한자 어휘, 외래 어휘로 갈라지는데 이 세 가지 부류에 속하는 어휘들은 전체적으로 조선어의 어휘 체계를 이루면서 자체의 특성을 갖는다.

그런데 일부 학자들은 단어 체계를 고유어와 한자어의 두 체계로 하여 복잡하게 만들 필요가 없이 고유어에 근거하여 하나의 체계로 만들어야 한다고 주장하고 있다.

과연 이 주장을 과학성이 타당하며 현실성이 있다고 보는가?

본래 우리말 어휘구성은 고유어 하나의 체계로 이루어져 있었다. 고대 조선어는 물론 중세 조선어 초기의 사람이름, 고장이름, 벼슬이름은 모두 고유어로 되어 있으며 간혹 한자가 쓰이였다고 해도 그것은 그 어떤 체계를 이룬 것은 아니였다. 당시 한자어가 점차 늘어나고 그것이 하나의 체계를 이루게 된 것은 봉건 통치계급이 중국을 통해 유교, 불교 등의 종교를 끌어들인 것과 직접 관련되며 그 후 일본 제국주의가 조선을 강점한 후 조선에 일본식 한자 어휘가 홍수처럼 밀려 들어온 것과 관련된다.

지금 우리말 한자 어휘에 대한 추산은 학자에 따라 각각 다르지만 우리말 어휘에서 한자어가 절반 이상으로 추산하고 있는 것은 공통적이다.

한글학회에서 출판한 '큰 사전'의 낱말 통계를 보면 표준말로 잡은 낱말이 모두 140,464개인데 이 가운데서 순수한 고유어는 56,115개에 달하고 한자어는 무려 81,362개에 달하고 있는바 고유어는 39.95%이고 한자어는 57.92%에 달한다.

북에서 1960년 초에 출판한 '조선말사전'(전 6권)에 올림말 170,138개에서 한자 어휘가 92,058개로서 올림말의 54.1%를 차지하고 있다.

이상에서 보다시피 이 방대한 수효를 차지하고 있을 한자 어휘를 버리고 고유 조선어 하나의 체계로 잡을 수 있겠는가?

만일 그것이 현실로 된다면 우리 겨레들 사이에는 통신 정보 기능이 제대로 수행되지 못하고 막대한 지장을 갖다 줄 것이다.

그럼 아래에서 한자 어휘 정황을 더 자세히 고찰해 보기로 한다.

① 어음이 완전히 변한 한자어

　　고추(苦草), 김치(沈菜), 배추(白菜), 사냥(山行)

　　수렁(水濘), 숭늉(熟冷), 시중(隨從)…

② 고유어로 되어 가고 있는 한자어

　　곡식(谷食), 방(房), 비위(脾胃),

　　상(床), 심술(心術), 동서남북(東西南北)

③ 한자 어근에 고유어 접사가 붙어 새 단어가 이루어진 것

　　맏동서(~同壻), 숫처녀(~處女)

　　해롭다(害~), 이상스럽다(異常~)

④ 고유 어근에 한자어 접사가 붙어 새 단어가 이루어진 것

　　믿음성(~性), 참을성(性)

　　갑갑증(~症)

⑤ 한자어라는 느낌을 주는 것들

　　공산당(共産黨), 사회주의(社會主義), 인민(人民), 간부(幹部), 군대

(軍隊), 부모(父母), 행복(幸福), 진리(眞理), 운명(運命), 평화(平和), 전쟁(戰爭)…

위에서 보다시피 한자 어휘는 어음이 완전히 변하여 그 한자 기원마저 찾아보기 어려운 것이 있는가 하면 점차 우리 언어 의식 속에서 기본 어휘로 되고 있는 것들도 있으며 우리 생활에서 한시도 떨어질 수 없는 정치, 경제, 문화, 생활 용어가 있다.

그러므로 소유의 한자 어휘를 고유 조선어휘로 고치자고 하는 것은 전혀 과학성과 인민성이 없는 무모한 행위로 밖에 치부할 수 없다.

언어는 사회적 현상으로서 사회가 발전함에 따라 어휘 구성도 부단히 변화 발전하고 있다. 이를테면 지난 봉건 사회의 행정 기구와 제도 등을 반영한 '호조'(戶曹), '영의정'(領議政), '암행어사'(暗行御史)거나 일제 강점 시기의 '경찰서'(警察署), '순사'(巡査) 같은 시대어들은 이미 어휘 구성 속에서 빠져 나갔으며 고유어와 절대적 동의어 관계를 가지고 있던 '만도'(晩稻), '상목'(桑木), '돈피'(豚皮) 같은 어려운 한자 어휘는 '돼지가죽', '늦벼', '뽕나무'로 바뀌어졌다.

최근 연간 북에서는 '다듬은 말', 즉 한자 어휘를 고유 조선어로 다듬은 말들을 묶어서 세상에 내놓았다. 여기서 다듬어진 학술 용어와 일반 용어는 무려 3만 개에 달한다.

남에서도 '말과 글을 국민 대중의 것으로 되게 하자'는 슬로건을 내들고 한글학회에서 3만 여개의 낱말을 다듬어 묶은 국어 순화 사전인 '쉬운 말 사전'을 1967년 초판을 이어 1984년에 3판을 내놓았다.

이 다듬은 말들은 총적으로 우리말의 민족적 특성을 살려 광범한 근로 대중들이 알기 쉬운 말로 다듬어 놓음으로써 우리말들을 과학성과 대중성에 맞게 더 풍부히 발전시켰다고 본다. 그리고 다듬어 놓은 낱말들을 본다면 남북이 기본상 일치한 것이다.

○ 상전(桑田)→뽕밭, 석교(石橋)→돌다리

　추비(秋肥)→덧거름[북]

　　　　웃거름, 덧거름, 뒤거름[남]

　일상 용어(日常用語)→늘 쓰는 말

　공휴일(空休日)→쉬는날

하지만 다듬어 놓은 가운데서 어떤 단어들은 좀 더 사색해 볼 필요가 있는 것들도 있다.

○ 적혈구(赤血球)→붉은피알[북]

　　　　붉은피톨[남]

　교포(僑胞)→나그네동포[남]

필자의 주장은 한자어 다듬기에 있어서 그 어디까지나 어렵고도 까다로운 한자어들은 될 수록 고유 조선어를 쓰는 방향으로 나아가는 것을 지지하지만, 두 가지 체계를 하나의 체계로 만들려고 하는 데 대해서는 도저히 수긍할 수 없는 것이다. 거듭 강조해 말한다면 만일 그렇게 되는 날이면 '학교'는 '배움집'으로 되어야 할 것이고 '비행기'는 '날틀'로 '기차'는 '불수레'로 되어야 할 것이다. 그리고 나아가서는 한자 성으로 된 우리 성들도 죄다 고쳐야 한다는 결론이 떨어지고 말게 될 것이다.

우리는 이런 극단으로 나아가는 현상에 대하여 바로잡아야 한다고 본다.

3. 언어의 민족적 특성과 현대성의 요구

언어 문제는 민족 문제, 국가적 문제와 관련되며 그 해당 민족의 모든 생활과 밀접히 연관된 중요한 문제이다.

우리는 언제나 언어의 핵이며 생명인 민족적 특성을 살리기 위하여 어떻게 발전시켜야 하는가 하는 것을 심중히 고려해야 한다. 우리는 언어 발전의 역사를 단절하거나 또는 전통의 계승을 다만 고유성이나 순수성을 원형 그대로 확보하는 것으로만 인정한다면 그것은 그릇된 것이라고 본다. 만일 전통의 계승을 고유 문화의 보존에만 둔다면 우리는 마땅히 갓에 도포를 입고 가마나 말을 타야 하고 양복에 넥타이를 매거나 승용차나 비행기를 타는 것을 전통의 단절을 자행하는 행위라고 인정하지 않겠는가?

그러므로 우리는 민족적 특성을 살려나감에 있어서 전통과 창조를 유기적으로 결합시켜가야 하는바 즉 언어에서의 민족적인 것을 계승하고 그것을 새롭게, 현대성의 요구에 맞게 발전시켜 나가야 한다.

1) 방언과의 관계에서

방언은 본질에 있어서 일정한 지역의 인민 대중에게만 복무하는 민족어의 지역적 곁가지이다. 그런 것만큼 방언의 말소리 체계와 법칙, 문법적 특징 등은 민족어의 구조와 체계에 뿌리를 내리고 있다. 그러므로 방언은 표준어를 풍부히 발전시키는 데 있어서 끝없는 원천으로 되고 있다.

해방 후 40여 년 동안 남북은 각기 방언을 문화어 또는 표준어로 인상시킴으로써 어휘 구성을 더 풍부히 발전시켰다. 그 예를 들면 다음과 같다.

① 서북 방언(평안남북도, 자강도)—강냉이, 장지뱀, 자개바람, 손탁, 허재비, 사라귀, 깍대기, 찌르레기, 찢게, 넉줄, 뭉테기, 최뚝, 재세, 오가리, 세괄다, 고다, 짓모다, 맛스럽다, 옴하다, 몽키다, 답새기다, 베차다, 죽신하다, 냄내다, 덟다, 돌따서다, 점적하다, 꽁지

다, 몽치다, 달래, 날래, 맨탕, 세바람, 세칼바람, 썩돌, 적은이, 보
숭이, 고매기…

② 동북 방언(함경남북도, 양강도)－가마치, 마스다, 모두발, 내굴, 밀
창, 따바리, 밤송아리, 복새통, 중태, 하불, 애꾼, 열대, 이마빡, 요
진통, 얼빤하다, 놀래우다, 속치우다, 아츠스럽다, 엇비듬하다, 얼
리우다, 은내다, 지내, 대수, 걸써, 기스락물, 가새표, 가새다리, 애
기, 모제비헤염, 달비, 모꽂기, 바지통, 쥐뿔…

③ 중부 방언(황해남북도, 기타)－잔등팍, 야싸하다, 까리까리하다,
알쯘하다, 이파리, 풀섶, 두터이, 두루미…

이미 표준어로 인상된 이 단어들은 우리말 단어 체계를 더 풍부히
발전시키며 민족적 특성을 옳게 살려나가는 데 있어서 매우 적극적인
역할을 논다는 것을 볼 수 있다. 그러므로 앞으로 우리들은 방언에서
더 좋은 말들을 찾아내어 써야 한다고 본다. 하지만 뜻 폭에서 아무런
차이가 없는 '가차이, 병사리, 벌거지…'와 같은 방언들을 표준어로 인
상시켜 '가까이, 병, 벌레'와 동의어로 만들지 말아야 한다고 본다.

2) 세계 공통적인 것과의 관계

우리들이 민족적 특성을 살린다고 하여 세계 공통적인 것을 반대해
서는 안 된다. 날로 더 빈번해지는 국제적인 접촉과 과학 기술 문화의
발전에 따라 외래어가 우리말 속에 들어오는 것은 아주 자연스러운 일
이다. '조선말사전' (전 6권)에는 외래어가 1,800개 가량이 올림말로 수
록되어 있고 남의 '국어대사전'에는 외래어가 15,944개가 올림말로 수록
되어 있다.

우리말 어휘 구성 속에 들어 있는 외래어들을 본다면

① 영어에서 들어온 것－잉크, 고무, 타이어, 마스크, 스케이트, 레일,

마크, 카메라, 오토바이…

② 독일어에서 들어온 것－가제, 테제, 트라홈, 룸펜, 콕스, 아스피린, 프롤레타리아, 티푸스…

③ 프랑스어에서 들어온 것－가방, 코뮤니케, 샴페인, 핀셋, 뉘앙스, 헥타르, 발레, 조젯, 아카시아…

④ 러시아어에서 들어온 것－탱크, 트랙터, 소비에트, 볼셰비키, 엑스커베이터, 불도저, 토치카…

⑤ 일본에서 들어온 것－고구마, 구두, 곤로, 우동, 가마니

그밖에도 다른 언어에서 들어온 외래어들이 적지 않다. 이상의 외래어들은 우리말의 어휘구성 속에 확고히 자리잡고 일상적으로 쓰이는 말들이다. 일상 생활에서 이러루한 말들은 다른 말로 대체할 수 없는 것들이다. 그러나 어떤 대상에 대하여 우리글로 표현할 수 있음에도 불구하고 마구 외래어를 남용하는 것은 우리말의 민족적 특성을 발양하는 데 손색이 아니라고 할 수 없다. 지금 남에서는 신문, 잡지들에 외래어를 많이 쓰고 있어 내용을 잘 알아볼 수 없는 정도에까지 이르렀다. 이것이 남북의 언어차이에서 두 번째로 가는 큰 폐단이다.

한어의 포위권내에 살고 있는 조선족들은 한어의 영향을 많이 받아 ‘출근’을 ‘쌍발’, ‘퇴근’을 ‘쌰발’, ‘텔레비전’을 ‘뗀스’, ‘운전수’를 ‘쓰지’ 또는 ‘사기’라고 말하기는 하지만 서사어에는 이런 말들이 전혀 들어갈 수 없다. 그것은 우리말에 대응되는 단어들이 있기 때문이다. 지금 음차되어 우리말 속에 들어온 한어들로는 ‘다부살(大布衫), 짜장면(炸醬面), 콰이반(快板), 양걸(秧歌儿)’ 등과 같은 단어들과 군대 편제 단위로 쓰이는 ‘패(排)’(소대), ‘퇀(團)’(연대) 등 몇 개 단어들만 있을 뿐이다.

외래어에 대한 원칙적인 입장과 올바른 태도를 가지는 것은 민족어의 주체적 발전을 담보하며 나아가서는 사람들에게 민족적 긍지와 자부심을 높여 주는 데서 중요한 의의를 가진다.

3) 규범화와의 관계

오늘날 전 민족어의 차원에서 본다면 남북의 어휘 규범, 문법 규범, 서사어 규범, 외래어규범 등에서 공동이 연구할 것이 산적과도 같이 많이 쌓여 있다. 이를테면 북에서는 러시아어에서 받아들여 '씨누스, 꼬씨누스, 땅겐스, 꼬땅겐스'라고 쓴다면 남과 중국에서는 영어에서 받아들여 '사인/싸인, 코사인/코싸인, 탄젠트, 코탄젠트'로 쓰고 있으며 북과 중국에서 국명 '웽그리아, 뽈스까, 화란, 에스빠냐'라고 쓴다면 남에서는 '헝가리, 폴란드, 네덜란드, 스페인'이라고 쓰며 북과 중국에서 '에네르기, 로보트, 로케트, 왁찐, 메터'로 쓴다면 남에서는 '에너지, 로봇, 로켓, 백신, 미터'로 쓰고 있다.

이러루한 것들은 남북이 외래어 규범 원칙을 재검토하여 사정한다면 통일할 수 있는 것들이다.

우리들은 민족적 특성을 발양하는 토대 위에서 현대성의 요구에 맞게 규범해야 하며 규범화하의 표준은 민족성, 과학성과 대중성의 요구에 맞아야 한다고 본다.

4. 결 론

이상 필자의 견해를 귀납하면 다음과 같다.

첫째, 언어의 민족적 특성은 민족어의 본질적 속성이며 언어의 고유성을 규정하는 기본적인 징표이다.

둘째, 조선어에서 민족적 특성을 옳게 발전시키는 것은 남북의 언어적 차이를 줄이고 민족의 통일적 발전을 이룩하는 데서의 중요한 요소로 된다.

셋째, 조선어에서 민족적 특성을 살리는 것을 다만 전통의 계승 또는 고유성이나 순수성 원형 그대로 고수하는 것으로 인정하는 것은 언어 발전 법칙에 어긋나는 것이다.

　넷째, 우리말에서의 서양화, 일본화, 한자화는 민족어 발전에서의 주요한 장애물이며 민족어 통일에서의 주요한 장애물이다.

　다섯째, 언어 규범화는 민족성, 과학성, 대중성의 요구에 맞게 해야 한다.

참고 문헌

① '국어어휘론'(심재기 저), 집문담 출판

② '조선민족어발전역사연구'(김영황 저), 김일성종합대학 출판

③ '언어학개론'(박재용 저), 김일성종합대학 출판

④ '조선어어휘론연구'(최완호, 문영호 저), 조선과학백과사전출판사 출판

⑤ '조선어어휘론'(최응구 저), 료녕인민출판사 출판

⑥ '민족어를 발전시킨 경험' (박수영 저), 조선사회과학출판사 출판

⑦ '국어순화의 이론과 실제' (한국교열기자회 편저), 일지사 출판

⑧ '한글맞춤법 표준어 해설'(이은정 저), 대제각 출판

Ⅳ. 외래어 인입에서의 몇 가지 문제

개혁, 개방 이후 특히는 최근 연간에 우리 신문이나 잡지들에서 보고도 알지 못할 생소한 외래어가 가끔 나타나는 것을 심심찮게 볼 수 있다.

○ 기발한 <u>아이디어</u>가 떠올랐다.
○ 그녀는 <u>다이어트</u>로 체중을 줄였다.
○ 그는 <u>톱스타</u>로서 인기를 독차지하였다.
○ 우리나라는 월드컵에 참가할 수 있는 <u>티켓</u>을 얻었다.
○ 그는 <u>캐주얼</u>풍의 옷을 즐겨 입는다.
○ 창호는 이번에 <u>콤플렉스</u>에서 말끔히 벗어났다.

상술한 외래어를 우리들은 사전이나 타인의 도움 없이 자기의 수준으로 그 뜻을 알 수 있는 사람들이 얼마나 될까? 대부분 사람들이 그 뜻을 터득하지 못하고 아쉽게 넘겨 버리는 것이 현주소인가 본다.

우리말은 아름다운 말소리, 풍부한 어휘와 표현, 치밀한 문법 구조, 다채로운 문체 그리고 훌륭한 글자를 가지고 있는 우수한 언어이다.

위에서 열거한 '아이디어(idea)'는 '구상' 또는 '착상'으로, '다이어트(diet)'는 '식이 요법' 또는 '살까기'로, '톱스타(top star)'는 '최고 인기 연예인'으로, '티켓(ticket)'은 '입장권' 또는 '출전 자격'으로, '캐주얼(casual)'은 '평상복'으로, '콤플렉스(complex)'는 '열등감'으로 할 수 있다.

이와 같이 우리말로 고쳐 쓴다면 광범한 대중들이 곁의 누구와도 묻지 않고도 또는 번거롭게 사전을 뒤지지 않아도 당장에서 그 뜻을 알

수 있지 않겠는가?

　문제는 바로 외래어에 대한 올바른 인식과 바른 자세를 갖추는데 있다. 우리는 외래어를 필요 없이 무분별하게 남용하는 데 대해서는 전적으로 반대하지만 필요하고도 적절한 외래어, 이를테면 '로봇, 로켓, 미사일, 컴퓨터, 소프트웨어, 하드웨어, 인터넷, 텔레비전, 팩스, 핸드폰…'같은 과학 기술 용어는 널리 써야 한다.

첫째, 우리의 외래어 표기 원칙

　다 알다시피 외래어란 다른 나라와 민족의 언어에서 들어온 말을 가리다.

　우리말에서 이미 뿌리를 내려 널리 쓰이고 있는 '잉크, 펜, 스위치, 버스, 지프, 트럭, 라이터, 사이다…'는 영어에서, '트랙터, 페치카, 보드카, 소비에트, 볼셰비키, 멘셰비키…'는 러시아어에서, '아스피린, 티푸스, 알레르기, 이데올로기…'는 독일어에서, '발레, 뉘앙스, 장르, 레스토랑, 카페, 데뷔, 부르주아…'는 이탈리아어에서, '가방, 구두, 곤로, 고구마…' 그리고 생활어에서 쓰이는 '우와기(웃옷), 한소데(반소매), 료마에(겹앞자락), 가다마에(홑앞자락), 에리(깃), 세비로(신사복), 자부동(방석)…'은 일본어에서 왔다.

　그리고 '양걸, 콰이반, 다부산즈, 치포, 퇀, 패…'는 한어에서, '발구, 메주…'는 만어에서, '설렁(탕), 고비(사막), 하다, 우란무치…'는 몽골어에서, '라마, 잠바…'는 티베트어에서 왔다.

　이렇듯 우리말에서 뿐만 아니라 세계 어느 나라의 민족어에도 외래어가 다 있다.

　예하면 영어의 'tea'와 러시아어의 'чай'는 한어의 '茶'에 기원을 둔 외래어이다.

　일본어의 'キムチ', 'ピビバブ', 'チョゴリ', 'メンタイ', 'アリラン'은 우

리말의 '김치', '비빔밥', '저고리', '명태', '아리랑'이 차용된 것이다.

한어에도 우리말의 '진달래', '도라지', '아버지', '어머니', '아리랑'이 '金達萊', '道拉吉', '阿爸吉', '阿里郎'으로 차용되어 쓰이고 있다.

나라와 민족들 간의 거래가 빈번해지고 과학 문화의 교류가 활성화됨에 따라 다른 언어들에서 새로운 사물과 함께 개념을 나타내는 명칭으로서의 외래어도 들어오기 마련이다.

외래어가 해당 언어의 어휘 구성의 일부분으로 들어올 때 그 민족어의 어음 형태를 그대로 받아들이는 것이 아니라 어디까지나 민족어의 어음 법칙의 제한을 받게 된다.

그리하여 각 나라, 각 민족은 자기의 외래어 표기 원칙을 제정하여 쓴다. 또는 같은 민족이라 하더라도 정치, 경제, 문화, 환경이 다름에 따라 역시 외래어 표기 원칙이 달라지기도 한다.

예하면 조선과 한국, 그리고 중국에서의 조선어의 외래어 표기 원칙은 적잖은 부분에서 다른 양상을 보이고 있다.

그럼 중국에서의 우리의 외래어 표기 원칙과 그 세칙들을 간단히 살펴보기로 하자.

우리의 외래어 표기 원칙과 세칙은 1990년 12월 중국조선어사정위원회 제7차 회의에서 심의, 채택되었다.

그 원칙과 세칙을 보면 다음과 같다.

외래어의 표기는 '원음에 따르고 습관에 따라 처리하는 것'을 총적인 원칙으로 한다.

1. 외래어의 표기는 그 외래어가 어느 나라거나 민족의 말인가에 따라 그 나라거나 민족 인민들의 발음에 되도록 가깝게 적는 것을 원칙으로 한다.

예: 그라인더(grinder) (영) ×구라인다, 그라인다

나프타(Naphtha) (독) ×나프사, 내프서

뉴앙스(nuance) (프) ×뉴안스 ,뉘앙스

라지오존데(Radiosonde) (독) ×라지오존드, 라지오죤드

튤립(tulip) (영) ×츄립, 튜맆

그러나 다음과 같은 경우에는 다시 처리한다.

① 음악에서 이탈리아어 계열의 외래어는 이탈리아어 발음대로 적지 않고 지금 쓰이고 있는 라틴어식 표기대로 적는다.

예: 레치타티보(recitativo) (이) ×레치따띠보

스피카토(spiccato) (이) ×스삐까또

카바티나(cavatina) (이) ×까바치나

② 발음하기 지나치게 까다로운 일부 외래어는 우리글의 자모 체계에 의하여 표기할 수 있다 하더라도 대중성을 고려하여 발음하기 쉽도록 표기를 약간 바꾼다.

예: 마카담(macadam) (영) ×머캐덤

샴푸(shampoo) (영) ×샘푸

2. 원음과 완전히 같지는 않지만 인민들에게 오랫동안 널리 쓰이어 굳어진 일부 외래어는 관습대로 적는 것을 원칙으로 한다.

예: 도마도(tomato) (영) ×토마토

메리야스(medias) (tm) ×메디어스

샤쯔(shirt) ×셔트, 셔츠

다이야(tyre) (영) ×타이어

휴즈(fuse) (영) ×퓨즈

뽐프(pump) (영) ×펌프

그러나 발음 차이가 크지 않고 약간한 정도만 고치면 원음에 더 가깝게 되는 것은 그렇게 고쳐서 적는다.

예: 니코틴(nicotine) (영) ×니꼬찐

나일론(nylon) (영) ×나이론

라이터(lighter) (영) ×라이타

디스토마(distoma) (영) ×지스토마

발레(ballet) (프) ×바레

버너(burner) (영) ×바나

홈스펀(homespun) (영) ×홈스빵, 홈스펀

① 원어가 우리말에 들어와 줄여 쓰이는 것은 준대로 적는다.

예: 데모(demonstration) (영) ×데먼스트레이숀

파마(permanent wave) (영) ×퍼머넌트 웨이브

② 원어가 우리말에 들어와 두 가지로 발음되면서 그 뜻이 각기 달
라진 것은 달라진 대로 규범화하여 적는다.

예: 고무(gum) (영) 껌

뽈(ball) (영) 볼

3. 원어를 밝히기 어려운 외래어는 지금 쓰이고 있는 대로 둔다.

예: 가방

뉴똥

4. 외래어의 표기는 현행 조선어 자모 체계에 의거하고 새로운 자모
거나 보조적 부호를 쓰지 않는다.

이상에 열거한 것이 중국에서의 우리 외래어 표기의 기본 원칙과 세
칙이다. 우리가 외래어 표기의 전반을 올바로 이해하고 장악하려면 조
선과 한국의 외래어 표기의 기본 원칙과 세칙도 알아야 한다. 그러지
않고 우리의 언어 생활에서 어느 것이 우리가 규범화한 것인지 알지
못하고 사용한다면 일대 사회적 혼란을 일으킬 수도 있다.

조선의 외래어 표기법은 기본적으로 우리의 것과 같다. 일부 세칙에
서 좀 다를 뿐이다.

한국의 외래어 표기법은 우리와 적잖은 면에서 다르다.

그것을 개괄하여 보면 다음과 같다.

한국의 외래어 표기의 기본 원칙:

1) 외래어는 국어의 현용 24 자모만으로 적는다.

2) 외래어의 1음운은 원칙적으로 1기호로 적는다.

3) 받침에는 'ㄱ, ㄴ, ㄷ, ㄹ, ㅁ, ㅂ, ㅅ, ㅇ'만을 쓴다.

예: 영어 'book'은 '북'으로 표기할 수 있지만 '북이[부키]', '북을[부클]'이라 하지 않고 '북이[부기]', '북을[부글]'이라 하는 것이 보통이다.

4) 파열음 표기에는 된소리를 쓰지 않는 것을 원칙으로 한다.

여기서는 유성, 무성의 대립이 있는 파열음을 우리말로 표기할 때 유성 파열음은 순한 소리(ㅂ, ㄷ, ㄱ)로, 무성 파열음은 거센 소리(ㅍ, ㅌ, ㅋ)로 적기로 한 것이다. 예하면 '뻬치까'를 '페치카'로 하는 것과 같다.

5) 이미 굳어진 외래어는 관용을 존중한다.

예하면 '담배', '남포' 같은 것은 원어에서 직접 들어온 것이 아니라 제 삼국을 통하여 들어와 오랫동안 썼기에 일반 대중은 이것이 외래어라는 의식마저 없이 고유어처럼 쓴다.

그럼 아래에서 원칙과 세칙의 차이로 하여 표기가 달라지는 것들을 간추려서 서로 비교해 보기로 한다.

1. 외래어의 원칙에서

1) 받침의 표기에서

받침의 표기에서 우리나라와 조선에서는 일부 'ㄲ, ㅌ'와 같은 받침을 쓰고 있으나 한국에서는 7개 받침(ㄱ, ㄴ, ㄹ, ㅁ, ㅂ, ㅅ, ㅇ)만을 쓰는 것을 원칙으로 한다.

중국, 조선	한국
맑스(주의)	마르크스(주의)
웰남	베트남

2) 굳어진 말의 표기에서

중국, 조선	한국
꼴(축구)	골
고뿌	컵
딸라	달러
도마도	토마토

뻐스	버스
뽐프	펌프
뽀뿌라	포플러
텔레비죤	텔레비전

2. 외래어의 표기법 세칙에서

1) 자음의 표기

영어, 프랑스어 같은데서 모음 앞의 [s]를 중국과 조선에서는 흔히 된소리로 적지만 한국에서는 순한 소리로 적는다.

중국, 조선	한국
싸이렌	사이렌
써브	서브
써비스	서비스
쏘파	소파
쏘프라노	소프라노

2) 모음의 표기

① 중국과 조선어에서는 'ei'에서 흔히 [i]를 탈락시키지만 한국에서는 발음대로 적는다.

중국, 조선	한국
레스	레이스
스케트	스케이트
케스	케이스
테블	테이블
페지	페이지

② 중국과 조선에서는 'e'를 [i]로 발음하는 경우에 흔히 표기대로 적지만 한국은 발음대로 적는다.

중국, 조선	한국
레씨버	리시버

메터	미터
비데오	비디오
세멘트	시멘트
코메디	코미디

③ 중국과 조선에서는 'iu'를 '우'로 적지만 한국에서는 흔히 '유'로
적는다.

중국, 조선	한국
나트리움	나트륨
라디움	라듐
칼리움	칼륨
칼시움	칼슘
알루미니움	알루미늄
우라니움	우라늄

④ 중국과 한국에서 설측음 [l]을 자음과 모음, 또는 모음과 모음 사
이에서 'ㄹㄹ'로 적지만 조선에서는 흔히 받침을 적지 않는다.

중국, 한국	조선
나일론	나이론
레슬링	레스링
밀리	미리
볼링	보링
칼로리	카로리
킬로메터	키로메터

⑤ 짧은 모음 뒤에 오는 어말의 무성 파열음 [t]를 중국과 조선에서는
일반적으로 받침으로 적지 않지만 한국에서는 받침으로 적는다.

중국, 조선	한국
로보트	로봇
로케트	로켓

보이코트	보이콧
소케트	소켓
트럼페트	트럼펫
쵸콜레트	쵸콜렛
포케트	포켓
핀세트	핀셋

우리나라에서는 '인터네트', '슈퍼마케트'라고 규범했지만 최근 연간에 신문과 잡지 그리고 간판들에서 한국의 영향을 받아 '인터넷', '슈퍼마켓'이라고 쓰고 있다.

3. 그 밖의 것들

중국, 조선	한국
다이야	타이어
다이얄	다이얼
라지오	라디오
로라	롤러
리레	릴레이
리봉	리본
리야까	리어카
레루	레일
레이다	레이더
레이저(조선: 레이자)	레이저
렌트겐	뢴트겐
마라손	마라톤
몰탈	모르타르
몽따쥬	몽타주
부르죠아	부르주아
불도젤	불도저

브로카	브로커
비루스	바이러스
샤타	셔터
샤쯔	셔츠/샤쓰
컴퓨터(조선: 콤퓨터)	컴퓨터
탕크(물~)	탱크
텔레비죤	텔레비전
프로그람	프로그램
하이야	하이어
딴스	댄스
딸라	달러
땅크	탱크
또치까	토치카
뜨락또르	트랙터
뻐스	버스
뻥끼	페인트
쎈터	센터
찌프(차)	지프
아빠트	아파트
유모아	유머
에네르기	에너지
왁찐	백신

우리나라에서 1978년 12월 5일 동북3성 조선어문사업 제2차 실무회의에서 심의, 채택한 '조선말 명사, 술어의 규범화 원칙'에서 '인명, 지명, 국가 명칭 등에 대한 처리'부분을 본다면 다음과 같이 규정하고 있다.

인명, 지명, 국가 명칭 등은 '원음에 따르고 습관을 존중'하는 원칙에 의해 처리한다고 했다.

1) 외국의 인명, 지명, 국가 명칭, 신문, 잡지, 통신사의 명칭; 국내 소수 민족의 인명, 지명, 민족명은 일반적으로 '원음에 따르'는 원칙에 좇아 처리한다.

예: 고리끼(高爾基)

　　도꾜(東京)

　　로므니아(羅馬尼亞)

　　쁘라우다(지)(眞理報)

　　우란후(烏蘭夫)

　　우룸치(烏魯木齊)

　　위글족(維吾爾族)

그러나 습관적으로 조선말 한자음 독음법으로 써왔거나 의역하여 써 온 것은 그대로 쓴다.

예: 호지명(胡志明)

　　일본(日本)

　　장족(藏族)

　　'인민의 소리(지)'(人民之聲報)

2) 한어로 명명된 국내의 인명, 지명과 신문, 잡지, 통신사의 명칭은 전통적 습관에 좇아 일반적으로 조선말 한자 독음법으로 처리한다.

예: 로신(魯迅)

　　북경(北京)

　　'인민일보'('人民日報')

　　'인민문학'('人民文學')

그러나 이미 습관적으로 음차하여 써왔거나 의역하여 써온 것은 그 대로 쓴다.

예: 시얼(喜儿)

　　황니허(黃泥河)

　　'붉은기'('紅旗')

상술한 외국 인명, 지명, 국가 명칭 등은 우리나라에서 우리가 제정한 규범으로서 우리가 반드시 준수해야 한다.

그러나 일부 신문과 잡지들에서는 한국식 표기를 제 마음대로 씀으로 하여 광범한 독자들에게 혼란을 조성하는 폐단들이 많이 생기고 있다. 그러므로 우리와 조선, 한국의 표기가 다른 것을 잘 알고 써야 한다.

그럼 아래에 우리와 한국의 표기가 다른 것을 외국 명칭에서 간추려서 보기로 하자. (우리와 조선의 표기는 거의 같다.)

중국, 조선	한국
방글라데슈(孟加拉國)	방글라데시
먄마(緬甸)	미얀마
캄보쟈(柬埔寨)	캄푸차
웰남(越南)	베트남
몽골(蒙古)	몽고
애급(埃及)	이집트
까메룬(喀麥隆)	카메룬
꽁고(剛果)	콩고
오지리(奧地利)	오스트리아
카나다(加拿大)	캐나다
화란(荷蘭)	네덜란드
스웨리예(瑞典)	스웨덴
단마르크(丹麥)	덴마크
웽그리아(匈牙利)	헝가리
에스빠냐(西班牙)	스페인
벨지끄(比利時)	벨기에
뽈스까(波蘭)	폴란드
로씨야(俄羅斯)	러시아
로므니아(羅馬尼亞)	루마니아

룩셈부르그(盧森堡)　　　룩셈부르크

이딸리아(意大利)　　　이탈리아

꾸바(古巴)　　　쿠바

꼴롬비아(哥倫比亞)　　　콜롬비아

오스트랄리아(澳大利亞)　　　오스트레일리아

도꾜(東京, 일본)　　　도쿄

까뜨만두(加德滿都, 네팔)　　　카트만두

울란바따르(烏蘭巴托, 몽골)　　　울란바토르

빠리(巴黎, 프랑스)　　　파리

윈(維也納, 오지리)　　　빈

워싱톤(華盛頓)　　　워싱턴

웰링톤(惠灵頓, 뉴질랜드)　　　웰링턴

씨비리(西伯利亞, 로씨야)　　　시베리아

조선과 한국에서의 중국에 대한 국명과 지명, 그리고 인명에 대하여 각기 다른 규정을 짓고 있으므로 우리들은 이런 규정을 잘 알고 올바로 써야 한다.

위에서 이미 언급하였지만 한어로 명명된 국내의 인명, 지명은 우리들의 전통적 습관에 좇아 일반적으로 조선말 한자 독음법으로 처리하고 있다.

조선에서도 우리와 마찬가지로 전통적 습관에 좇아 일반적으로 조선말 한자 독음법으로 처리하고 있지만 우리나라 수도인 '北京'만은 '베이징'으로 음차하여 쓰고 있다. 그런데 한국에서는 중국의 역사 지명으로 현재 쓰이지 않는 것은 우리 한자음대로 하고 현재 지명과 동일한 것은 중국어 표기법에 따라 음차하고 있다. 그러되 중국 지명 가운데서 우리 한자음으로 읽는 관용이 있는 것은 이를 허용하고 있다.

예: 上海　　　상하이, 상해

　　臺灣　　　타이완, 대만

　　黃河　　　황허, 황하

중국 인명에 대해서는 한국에서 중국의 신해 혁명을 분기점으로 하여 과거와 현대의 구분을 하여 음차하고 있다. 다만 현대인이라 하더라도 우리 한자음으로 읽는 인명에 대하여는 '모쩌둥(毛澤東)', '쬐언라이(周恩來)'와 같이 음차하여 쓰면서도 '모택동', '주은래'와 같이 우리 한자음으로 표기하는 것을 관용하고 있다.

이것은 한국이 역사적으로 중국과 오랜 세월 밀접한 관계를 가졌다는 사실과 함께 한자 문화권의 나라들이라는 특수한 사정이 두 나라간의 인명, 지명의 표기에 특별한 기준을 추가한 것 같다.

둘째, 목전 외래어 표기의 실태

중국에서 개혁, 개방의 시책을 실행하고 현대화 건설을 시작한 지도 20여 년간의 시간이 흘렀다. 특히 최근 10년 동안에 우리나라에서 대외 개방 정책이 더욱 완벽히 되어가고 외국과의 문화 교류가 활성화됨에 따라 외래어가 홍수마냥 밀려들고 있다.

이 가운데는 현대 문명, 소비 문화, 현대 과학 기술, 국제적 통용 등과 관련한 말마디들이 망라되어 있다.

그럼 최근 연간에 우리 신문('연변일보', '길림신문')과 잡지('청년생활', '장백산')들에서 쓰인 외래어 사용 실태를 간추려서 보기로 하자.

이제 그 예들을 분야별로 갈라서 보이면 다음과 같다.

1) 과학·기술·교육 분야

컴퓨터, 모니터, 키보드, 소프트웨어, 하드웨어, 파일, 디지털, 멀티미디어, 마우스, 메뉴, 시스템, 사이트, 인터넷, 채팅, 홈페이지, 사이버, 미크로파, 로봇, 세미나, 심포지엄, 유네스코…

2) 문화·오락·체육 분야

텔레비전, 비디오, 오디오, 채널, 칼라 TV, 가라오케, 나이트클럽, 디스코, 콘서트, 뮤직, 애니메이션, 팬클럽, 액션, 카세트, 팬, 팝뮤직, 바리톤, 시나리오, 히트곡, 아나운서, 엑스포, 쇼트트랙, 아이스오케이, 골프, 게이트볼, 볼링, 스포츠, 월드컵, 포지션, 헬스클럽…

3) 산업·교통·통신 분야

메이커, 사이드카, 추렐라, 컨테이너, 박스, 디자인, 크레인(차), 레저, 터미널, 폴리에스트, 비스코스, 카페인, 삐삐, 핸드폰, 인터폰, 팩시밀리…

4) 경제·무역·상업 분야

쇼핑, 보너스, 서비스, 슈퍼마켓, 세일즈맨, 보스, 오일쇼크, 렌트, 베스트셀러, 지엔피, 마케팅, 브랜드, 홈쇼핑…

5) 의상·단장 분야

티셔츠, 미니스커트, 팬티, 비키니팬티, 팬티스타킹, 브래지어, 패션쇼, 패션모델, 하이힐, 스타킹, 액세서리, 웨딩드레스, 진즈바지, 캐주얼, 팩, 립스틱, 립크림, 스킨로션…

6) 음식·문화 분야

파티, 메뉴, 커피숍, 카페, 뷔페, 커피, 코카콜라, 레스토랑, 햄버거, 샌드위치, 케이크, 캔(맥주), 쵸콜레트, 마카로니, 피자…

7) 일상생활

사우나, 샤와, 에어컨, 가스레인지, 싱크대, 숄더백, 휠체어, 스케줄…

8) 의약·신체

비아그라, 에이즈(병), 스트레스, 인슐린, 아미노산, 페니스, 게놈, 다이어트, 섹스…

9) 추상명사

모더니즘, 메커니즘, 아이디어, 이벤트, 비전, 데이트, 메시지, 아이로니컬, 인스텐트, 파워…

10) 기타 분야

센터, 아르바이트, 패턴, 포즈, 윙크, 무드, 붐, 데뷔, 인터뷰, 드라이브, 그룹, 코리아타운, 코리안 드림, 탈무드, 톱스타, 파트너, 팁, 프로포즈, 프로젝트, 콤플렉스, 이미지, 섹시…

이상에서 각 분야별로 나누어 든 예는 우리말에 들어와 일부는 자리를 잡았다고 말할 수 있다. 그러나 대부분 외래어들은 광범한 대중에게 익숙하지 못하고 아주 생소하다. 그러므로 적지 않은 말은 외래어라기보다 외국말이라는 감을 주고 있다.

우리 신문과 잡지들에서 진정 광범한 대중에게 낯을 돌리고 정보 전달의 효과를 보려면 외래어를 적게 쓰고 아름다운 우리말을 참답게 씀으로써 글의 내용을 인차 터득할 수 있게 해야 한다고 본다.

셋째, 외래어가 범람하는 까닭

우리들은 앞에서 서술한 목전의 외래어 사용 실태를 통하여 우리나라의 개혁, 개방이 심화되고 국제상의 문화 교류가 활성화됨에 따라 우리말에 외래어가 많이 들어왔다는 것을 알게 되었다.

필요한 외래어를 받아들이는 것은 우리들이 외국의 선진적인 과학 기술과 문화를 학습함에 있어서 유용할 뿐만 아니라 우리말의 어휘 구성을 풍부히 함에도 아주 유조한 것이다.

그러나 우리들이 여기서 알아 두어야 할 것은 불필요한 동의어적인 외래어를 무분별하게 받아들여 우리 언어 체계를 혼란에 빠뜨려서는 안 된다는 것이다.

그럼 최근 연간에 우리 신문과 잡지들에 외래어가 범람하게 되는 까닭은 어디에 있는가?

1) 최근 연간 외국의 문화, 특히는 한국의 문화가 홍수처럼 밀려들어와 광범한 조선족 대중과 접촉하게 되기 때문이다. 외래어를 많이 쓰는 한국의 신문과 잡지 그리고 각종 도서들이 점차 우리 도서 시장

을 차지하면서 외래어 사용의 양상을 돋보이고 있다.

2) 일부 우리말 신문과 잡지들에서 외래어가 많은 한국의 글(소설, 수필, 과학 내용이 담긴 문장)을 그대로 직접 싣기 때문이다.

3) 일부 해외에 유학한 지식인들이 자기 글에 외국어에 대한 '실력'을 현시하기 때문이다.

예하면 '장백산' 잡지 2001년 제1호에 실린 '중국 조선족 대개조론'에는 다음과 같은 외래어들이 있는데 독자들은 그야말로 그 뜻을 이해하기 어렵다.

○ 그러면 나는 '동양인', '지구촌인'이란 농조 섞인 말로 내 스스로의 존재를 '다이에스포러'라는 성격으로 해석을 하군 합니다.

○ 오리지널 중국인도 아니고 한국인은 아니며 일본인은 더구나 아닌 '조선족'에서 내 자신의 아이덴티티를 찾습니다.

○ '한국 소설들, 특히 대하 소설들은 대부분 기초적인 예술 형식이 결여되어 있고, 또 시퀀스의 흐름이 아주 비논리적이며…'

이 예문 외에도 이 글에는 '믹스, 비즈니스, 쇼킹, 호스티스, 세컨드백, 콤플렉스, 익스덴션, 에세이, 비전, 오버, 메스컴업, 리포트, 탤런트, 유니크, OK, 마이너리티, 글로벌화, IT, 다이너믹, 앙케트, 심벌, 캐치프레이즈, 데크닉, VS, 체크, 이미지, 쇼크, 오버랩, 무드, 바리이션'과 같은 외래어가 넘쳐나 있다. 이 글은 13,500자 밖에 안 되는데 외래어가 무려 40여개나 들어있다.

4) 외래어를 많이 사용하는 사람일수록 문화적 품위가 돋보이는 듯하고 시대의 조류를 따르는 듯한 심리 작용이 있기 때문이다.

5) 문화적 사대주의가 팽배하기 때문이다.

일부 사람들은 고유 조선어보다 한자말을, 한자말보다 영어를 더 선호하고 소중히 여긴다.

예하면 '민족의 <u>형상</u>이 흐려지다.'라는 문장이 있으면 꼭 '형상'을 '이미지'로 고쳐 써야 마음을 놓는 듯싶다.

6) 말에 대한 잘못된 이해에서이다.

말은 인간 교제의 주요한 수단이며 정보 전달의 주요한 수단이다. 어떤 사람들은 우리 조선말에 대한 긍지감을 구중천에 내동댕이치고 영어를 많이 쓰고 외래어를 많이 받아들이면 우리 민족의 위상이 높아가고 세계화하는 데 아주 유조하다고 단순히 생각한다. 그러나 외래어는 차용한 언어의 형태와 의미면에 변화와 영향도 준다는 것을 잘 알지 못하고 있다.

(1) 동의어가 불어난다.

(2) 고유어의 조어력이 줄어든다.

(3) 생략어가 많고 동음이의어가 불어난다.

(4) 머리 문자 결합의 약어가 생겨난다.

(5) 우리말의 새로운 음운을 빚어낸다.

(6) 표기법에 혼란이 빚어진다.

우리는 이를 통하여 우리말의 순결성을 부르짖어 모든 외래어를 배척할 것도 아니라 또 이를 무제한 수용할 것도 아니다.

이상에서 언급한 사례를 통하여 우리들이 외래어가 범람하는 까닭을 알았다면 우리들은 외래어 남용에 대하여 삼가고 다듬은 좋은 말, 쉬운 말로 고착시켜 나가야 한다고 본다.

넷째, 우리의 말과 글의 순결성을 굳혀나가자

조선어는 유구한 역사를 가지고 있으며 사회의 역사적 발전과 자체의 내적 법칙에 따라 끊임없이 발달되어 왔다. 특히 해방 후 당의 정확한 민족 정책과 소수 민족 어문 정책으로 하여 우리말은 새로운 발전 단계에 들어서게 되었다. 더욱이 우리말은 대외 개방의 심화와 문화 교류의 활성화에 따라 전례 없는 발전을 가져왔다. 즉 조선말의 고유어와 한자어가 늘어나는 동시에 어휘 구성의 3대 구성 요소의 하나인 외래어의 수효도 증대된 것이다.

새로운 천년 21세기를 맞으면서 우리 눈앞에는 지식 정보화 사회가 펼쳐졌다. 컴퓨터가 이를 엮어내는 핵심적 도구라면 용어는 이를 사용하는 디딤돌이다.

컴퓨터, 인터넷 용어는 그 기술 발전에 따라 자고나면 홍수처럼 쏟아져 나온다.

4국어 즉 영어, 조선어/한국어, 중국어, 일어로 된 정보기술용어 사전을 편찬, 출판하기 위하여 조선, 한국, 중국의 컴퓨터 전문가와 우리말 어학자들은 4년 남짓한 피타는 노력을 들여 끝내 1999년 8월에 출판해 냈다.

그때 이 용어사전을 출판하기 전에 공동으로 제정한 원칙이 바로 외래어로 된 컴퓨터, 인터넷 용어는 '일반적으로 고유어나 쉬운 한자어로 바꾸어 쓰도록 하며 그러나 우리말에 적절한 단어가 없거나 새로 만들 수 없을 때에는 의연히 외래어를 그대로 쓴다.'고 규정하였다.

이 규정의 정신이 바로 21세기 정보화 시대에 들어서서도 영어로 된 그 용어들을 그대로 받아들여 쓰지 않고 아름다운 우리말로 다듬어서 쓰겠다는 고결한 민족의 얼이 슴베여 있음을 볼 수 있다.

우리나라의 주체 민족인 한족들은 그 많고도 많은 외래어로 된 과학기술 용어들을 그대로 음차하여 쓰는 것이 아니라 완전히 융화시켜 자기 것으로 만들어 쓰고 있다.

예: computer   計算機, 電腦 (컴퓨터)

    software   軟件 (소프트웨어)

    program   程序 (프로그램)

    homepage   主頁 (홈페이지)

chating   聊天 (채팅)

우리는 여기서 한족들의 자기 민족어에 대한 주체 의식을 엿볼 수 있으며 외래어에 오염되지 않고 자기말로 훌륭히 다듬어나가는 기발한 발상과 예지에 대해 감탄해 마지 않게 된다.

우리 민족도 외래어를 우리말로 들여오고자 노력해 보지 않은 것은 아니다. 예를 들면 축구에서 '코너킥'을 '구석뿔', 음식에서 '아지나모도'를 '맛내기', 생활에서 '슬리퍼'를 '끌신' 등 으로 하는 것과 같은 것이다.

서울 종로 네거리에 가면 허다한 간판들이 따닥따닥 붙었는데 글은 우리글이나 외래어로 썼기 때문에 무엇을 하는 층집인지 도무지 알 수 없다. 지금 우리 연길에도 괴상한 간판들이 나붙고 있는데 왜 우리는 우리말로 만들어 쓰지 못하고 있는가?

우리도 한족들의 이런 정신을 본받아 우리 신문과 잡지 그리고 간판들에서 무분별하게 외래어를 남용하는 현상에 대해 자제하고 아름다운 우리말을 더욱 훌륭하게 가꿔나가야 할 것이다.

외래어를 일상 생활에 많이 쓰고 있는 한국에서도 1990년대에 들어서면서 외래어에 대한 순화사업 즉 필요 없는 외래어를 우리말로 바꾸어 쓰는 사업을 벌리어 왔다.

그리하여 한국에서도 '일상 생활에서 외래어를 지나치게 쓰거나 영어 등 외국어를 습관적으로 쓰는 일이 크게 늘어나고 갈수록 복잡하고 다양해지는 전문 분야의 용어들은 미처 우리말로 바꾸어 볼 겨를도 없이 남의 나라말을 그대로 들여와 쓰고 있는 형편이다. 이러한 말들은 가능하면 쉽고 아름다운 우리말로 순화할 필요성이 절실하다.'고 통탄하고 있다.

한국에서는 이런 취지에 입각하여 1994년도에 문화체육부의 명의로 펼쳐낸 '생활외래어순화집'이 세상에 나왔다.

그런데 우리나라의 보도 매체와 문필가들은 한국에서 순화 대상으로 잡고 있는 외래어들을 마구 끌어들여 사용하고 있으니 어찌 그 현상이

심각하다고 하지 않을 수 있겠는가?

　그럼 한국에서 순화대상용어들이 우리 신문과 잡지들에서 쓰이는 정황들을 살펴보기로 하자. 아래의 글들에서 화살표가 보이는 것은 그렇게 쓰도록 권장한 것이다.

　예: 가라오케(カラオケ) → 녹음반주

　　　그라운드(ground) → 경기장, 운동장

　　　그래프(graph) → 도표, 그림표

　　　그린벨트(greenbelt) → 개발제한지역, 녹지대

　　　글라스(glass) → 유리잔

　　　글로벌리즘(globalism) → 지구주의

　　　난센스(nonsense) → 당찮은 말

　　　네트(net) → 네트워크 그물(network) → 망, 방송망, 통신망, 방송체계

　　　노크하다(knock) → 두드리다

　　　노하우(know-how) → 비결, 비법

　　　누드(nude) → 알몸, 나체, 맨몸

　　　뉴미디어(new media) → 새 매체, 신매체

　　　다이제스트하다(digest) → 간추리다, 요약하다

　　　덤핑(dumping) → 헐값판매, 막팔기

　　　데모(demo) → 시위

　　　데뷔(debut) → 등단, (첫)등장

　　　데이터(data) → 자료

　　　도미노(domino) → (연쇄)파급

　　　도어(door) → 문

　　　도어맨(doorman) → (현관) 안내원

　　　드라마틱하다(dramatic) → 극적이다

　　　디스플레이(display) → 진열전시

　　　디테일하다(detail) → 미세하다, 섬세하다, 세밀하다

라이벌(rival) → 맞수

라이프 스타일(life style) → 생활 양식

라인(line) → 선, 줄, 금

랭크되다(rank) → (순위가) 매겨지다, 자리매김되다

런치 파티(lunch party) → 점심 모임

레벨(level) → 수준

레스토랑(restaurant) → (서양) 식당

레저(leisure) → 여가(활동)

레저타운(leisure town) → 휴양지

레퍼토리(repertory) → (연주, 노래) 곡목, 상연 목록

렌터카(rent-a-car) → 임대차, 빌림차

로비(lobby) → 휴게실, 복도, 막후 교섭

롱 헤어(longhair) → 긴 머리

루트(route) → 통로

룰(rule) → 규칙

리드하다(lead) → 앞서다, 이끌다

리듬(rhythm) → 흐름(새), 박자감

리모컨(remocon) → 원격 조종기

리포터(reporter) → 보고자, 보도자

링(ring) → 고리

마케팅(marketing) → 시장거래, 시장관리

매스컴(mass com) → 대중 전달, 언론(기관)

매트(mat) → 요, 깔개, 침대(용)요

멀티미디어(multimedia) → 복합 매체, 다중 매체

메가폰(megaphone) → 손확성기

메뉴(menu) → 차림(표), 식단

메시지(message) → 성명서, 교서, 전갈

메이커(maker) → 제작자, 제조업체

무드(mood) → 멋, 분위기

미니스커트(mini skirt) → 깡통치마, 짧은 치마

미스(miss) → 아가씨, ○○○씨

미스터(Mr.) → ○군, ○○○씨, 선생님

미스터리(Mystery) → 추리

미팅(meeting) → 모임

박스(box) → 상자, 갑, 곽

발코니(balcony) → 난간

버튼(button) → 단추, 누름쇠

베일(veil) → 장막

보디가드(bodyguard) → 경호원

보이콧(boycott) → 거절, 거부, 배척

부츠(boots) → 목 긴 구두

붐(boom) → 대유행, (대)상황

브로커(broker) → 중개인, 거간

비닐하우스(vinyl house) → 비닐온실

비전(vision) → 이상, 전망

선글라스(sunglass) → 색안경

세미나(seminar) → 연구회, 발표회, 토론회

센스(sense) → 감각, 분별력

셔틀버스(shuttle bus) → 순환 버스

쇼윈도(show window) → 진열창

쇼크(shock) → 충격

쇼핑(shopping) → (시)장보기, 물건사기

쇼핑센터(shopping center) → 종합 상가, 시장, 상점가

스낵(snack) → 간편식

스커트(skirt) → 치마

스캔들(scandal) → 추문, 좋지 못한 소문

스케줄(schedule) → 일정(표), 계획표, 시간표

스크린(screen) → 영사막

스타일(style) → 맵시, 품, 형

스타트(start) → 출발, 시작

스탠드(stand) → 책상등

스토리(story) → 이야기, 줄거리

스트라이크(strike) → 파업

스푼(spoon) → (양) 숟가락, 술

슬로건(slogan) → 표어, 강령, 구호

심포지엄(symposium) → 학술, (집단) 토론 회의

싱크대(sink 대) → 설겆이대

제스처(gesture) → 몸짓

조깅(jogging) → 건강 달리기

찬스(chance) → 기회

체인점(chain 점) → 연쇄점

체크(check) → 점검, 대조

카운터(counter) → 계산대, 계산기

카페(cafe) → 찻집, 술집

칼럼(column) → 시사 평론, 시평, 기고관

캐스터(caster) → (현장)진행자

캐주얼(casual) → 평상(복)

캠프(camp) → 야영지, 기지

커플(couple) → 쌍, 짝

컨디션(condition) → 상태, 조건

코너(corner) → 모이, 구석

코스(course) → 과정, …길

코트(court) → 운동장, 경기장

콘서트(concert) → 연주회

콤플렉스(complex) → 열등감, 욕구, 불만, 강박관념

클로즈업(close-up) → 부각, 확대, 돋보이기

타월(towel) → 수건

테마(Thema) → 주제

텐트(tent) → 천막

톱스타(top star) → 인기연예인

트로이카(troika) → 삼두마차

티켓(ticket) → 표, 권, 참가, 출전자격

팁(tip) → 봉사료, 행하(돈)

파이팅!(fighting) → 힘내자!

파티(party) → 잔치, 연회, 모임

패션(fashion) → (최신)유행, 옷맵시

패턴(pattern) → 본새, 틀, 모형, 유형

팬(fan) → 애호가

페이지(page) → 면, 쪽

포럼(forum) → 공개토론회

포즈(pose) → 자세

포커스(focus) → 초점

포켓(pocket) → 호주머니

프로(pro) → 전문가, 직업…

프로젝트(project) → 연구 과제

프러포즈(propose) → 제안, 청혼

헤게모니(hegemonie) → 주도권

힌트(hint) → 귀띔, 암시

아이디어(idea) → 생각, 착안, 착상, 고안

아이큐(IQ) → 지능 지수

알레르기(Allergie) → 과민, 거부 반응

앙케트(enquete) → 설문, 설문 조사

앙코르(encore) → 재청

액세서리(accessory) → 장식물, 노리개, 장식품

에세이(essay) → 수필, 논문

에피소드(episode) → 일화

엘리베이터(elevator) → (자동) 승강기

엘리트(elite) → 우수…, 정예

오픈하다(open) → 개업하다

오피스텔(office hotel) → (주거) 겸용 사무실

와이프(wife) → 아내, 부인, 집사람, 안사람

웨딩드레스(wedding dress) → 혼례복, 신부 예복

이데올로기(Ideology) → 이념

이미지(image) → 인상, (심리) 심상

이벤트(event) → 사건, 행사

인스턴트(instant) → 즉석(식품)

인터뷰(interview) → 회견, 면접

이상의 비교를 통하여 알 수 있는바와 같이 열거한 외래어들은 광범한 인민 대중들에게 낯설고 귀에 익지 않고 입에 잘 오르지 않으며 그 뜻도 이해하기 어렵다.

우리가 반드시 알아야 할 것은 조선은 일찍 한자 어휘와 외래어를 다듬어 정화 사업을 완전히 끝냈으며 한국도 우리말 살리기를 위해 고운 말, 쉬운 말 쓰기와 외래어 순화 사업을 대폭적으로 벌려 나감으로써 일정한 성과들을 거두고 있다. 그런데 중국에 있는 우리말 신문과 잡지들에서 한국에서 순화하고 있는 외래어에 푸른 등을 켜서 무분별

하게 쓰는 것은 가당치 않은 처사가 아니라 할 수 없다.

우리 보도 매체와 잡지들에서는 무엇보다 먼저 우리의 광범한 조선족 대중을 염두에 두고 가장 규범적이고 표준적이며 대중적인 말과 글을 씀으로써 우리의 말과 글의 순결성을 굳혀나가는 선구자적 그리고 수호자적 역할을 할 것을 바라마지 않는다.

한 가지 더 부언해 둘 것은 지금 이른바 '외래어사전'이란 책이 여러 책 나왔다. 그런 '사전'들을 보면 우리말의 '외래어사전'이라기보다 '영조사전'이라 하여야 하겠다. 한 민족의 언어에서 '외래어'라 하면 그 민족 언어의 어휘 구성에 들어와서 규범에 오른 단어를 일컫는다. 어느 분이 글을 쓰면서 자기 나름대로 쓴 '외국어'는 결코 '외래어'가 아니라는 것을 알아야 한다.

Ⅴ. 해방 후 중국에서의 조선어 서사 규범의 변화 발전

　서사 규범은 맞춤법, 띄어쓰기법, 문장 부호법, 외래어 표기법 등 서사 수단 사용 방법에서의 통일성과 체계성을 보장하기 위한 규범으로서 언어 규범에서 자못 중요한 자리를 차지한다.

　세계상의 모든 사물이 변화하고 발전하듯이 서사 규범도 언어와 문자의 발전 그리고 사회의 발전과 더불어 완만히 변화 발전한다.

　중국에서의 조선어 서사 규범은 특정한 역사적 환경에서 변화 발전하여 왔으며 전반 조선어 발전의 흐름에 따라 완만히 변화 발전하여 왔다.

　그러면 아래에 중국에서의 조선어 서사 규범이 어떻게 변화 발전하여 왔는가를 거시적 측면에서 역사적으로 고찰해 보기로 한다.

1

　해방 후 중국에서의 조선어 서사 규범의 변화 발전은 대체적으로 4개 시기로 나눌 수 있다.

　제1시기(1945~1954년): '한글 맞춤법 통일안'을 따른 시기

　일본 제국주의의 기반에서 벗어난 1945년 8월 15일은 우리 민족에게 있어서 새로운 역사가 펼쳐진 날이었다.

해방 후 중국에서 조선 민족이 살고 있는 도시와 농촌에서는 분분히 일떠나 소학교와 중학교를 세우고 자기의 말과 글을 가르치게 되었다.

해방 직후 우리 겨레들이 꾸린 '한민일보'(1945년), '연변민보'(1945년), '연변일보'(1948년)등 여러 신문과 '화화'(1945년), '대중'(1948년) 등 여러 잡지들과 학교 교과서들은 모두 우리 글로 출판되었다.

1953년 9월 3일, 연변에서는 중화인민공화국 구역자치법에 의하여 연변조선족자치구(후에 자치주로 고쳤음)를 창립함으로써 연변의 조선족 인민들은 자치 민족으로 되었으며 조선말과 글은 조선족 인민들이 자치 권리를 행사하는 도구로 되었다.

바로 이 시기의 서사 생활은 조선어학회에서 1933년에 제정한 '한글 맞춤법 통일안'과 1936년에 사정한 '조선어 표준말 모음' 그리고 문세영의 '조선어사전'과 이윤재의 '표준조선말사전' 등에 의하여 진행되었다.

문법서로서는 1951년에 박상준의 '조선어문법', 1954년에 김수경의 '조선어문법'이 연변교육출판사에서 번인 출판되어 초급 중학교의 문법 교과서로 쓰이었다.

당시 이 '맞춤법 통일안'과 사전 그리고 문법서들은 우리의 서사 생활을 통일하고 규범화해 나가는 데 있어서 적극적인 역할을 놀았다.

하지만 이 '맞춤법 통일안'과 사전들이 당시 서사 생활에서 부딪치는 모든 문제들을 풀어나가지 못하였기 때문에 그때 연구 기관이 없고 규범 사업 기구가 없는 형편에서 조선어 사용 단위들인 출판사, 신문사 등 단위들에서 자체로 내부 간행물을 꾸려 서사법을 통일해 갔다.

이 시기에 우리들은 또 한자를 폐지하였다.

해방 직후에 쓴 조선글은 한자가 섞인 국한문 혼용체였기 때문에 광범한 조선족 인민 대중들이 보고 알기 어려워하였다. 그리하여 우리 민족의 유일한 신문이었던 '동북조선인민보'에서는 한자의 폐단을 느끼고 1952년 4월부터 신문지상에서 한자를 폐지하였다. 학교 교과서들에서는 1953년 춘기 교과서에서부터 한자를 폐지하기 시작하였다. (조선에서는 1949년 9월부터 한자를 폐지하였다.)

한자의 폐지는 당시 인민 대중들에게 문맹의 모자를 벗어 던지고 문화 지식을 빨리 습득할 수 있는 광활한 길을 활짝 열어 주었다.

제2시기(1954~1969년): 조선과학원의 '조선어철자법'을 따른 시기

1954년 9월에 조선과학원 조선어 및 조선문학 연구소에서는 1948년 1월 15일에 조선어문 연구회에서 제정한 '조선어신철자법'을 폐기하고 '조선어철자법'을 공포하였다.

사회 제도가 같고 이념이 같은 우리들은 조선사회과학원에서 제정한 이 '조선어철자법'을 그대로 받아들여다 우리의 서사 규범으로 삼기 시작하였다.

이 철자법은 조선어철자법 규정의 역사에서 이미 확고히 뿌리박고 있으며 과학적으로도 그 정당성이 충분히 검열된 철자법에서의 형태주의 원칙을 그 기본으로 삼고 있으며 또한 당시 조선어의 어음 조직, 문법 구조 및 어휘 구성에 나타난 변화를 고려하여 예전의 조선어철자법의 규준으로 인정되던 '한글 맞춤법 통일안'에 적지 않은 수정을 가하였다.

이 철자법은 '총칙, 8장, 용례 색인'으로 이루어졌는데 제1장부터 제6장까지가 맞춤법 규정이고 제7장은 띄어쓰기 규정이며 제8장은 문장부호 규정으로서 모두 56항으로 되어 있다.

'총칙'을 보면 다음과 같다.

1. 조선어철자법은 단어에서 일정한 의미를 가지는 매개의 부분을 언제나 동일한 형태로 표기하는 형태주의 원칙을 그 기본으로 삼는다.

2. 문장에서 단어는 원칙적으로 띄어 쓴다.

3. 표준어는 조선 인민 사이에 사용되는 공통성이 가장 많은 현대어 가운데서 이를 정한다.

4. 모든 문자는 왼쪽으로부터 오른쪽으로 가로쓰는 것을 원칙으로 삼는다.

이 총칙은 조선어학회의 '한글 맞춤법 통일안'과 비교할 때 표준어 규정이 바뀌고 가로쓰기 규정이 보충된 외에는 큰 차이가 없다.

표준어 규정에서는 '한글 맞춤법 통일안'에서 '현대 중류 사회에서 쓰는 서울말'이라고 한 것을 이 철자법에서는 '조선 인민 사이에서 쓰는 말'로 한 것이다.

'조선어철자법' 세칙에서 달라진 부분적인 사항들을 간추려 보면 다음과 같다.

1) 조선어 자모는 종전의 24개 자모이던 것을 복합자를 넣은 40개 자모로 하였다.

예: 24개 자모: ㄱㄴㄷㄹㅁㅂㅅㅇㅈㅊㅋㅌㅍㅎㅏㅑㅓㅕㅗㅛㅜㅠㅡㅣ

　　40개 자모: ㄱㄴㄷㄹㅁㅂㅅㅇㅈㅊㅋㅌㅍㅎㄲㄸㅃㅆㅉㅏㅑㅓㅕㅗ
　　　　　　　ㅛㅜㅠㅡㅣㅐㅒㅔㅖㅚㅟㅢㅘㅝㅙㅞ

2) 한자어 기원의 단어에서 본음이 '녀, 뇨, 뉴, 니'인 것은 어느 위치에서나 본음대로 적으며(제5항) 본음이 'ㄹ'로 시작되는 것은 어느 위치에서나 본음대로 적음으로써(제6항) 두음법칙을 인정하지 않았다.

예: 여자→녀자(女子)

　　요도→뇨도(尿道)

　　낙원→락원(樂園)

　　양심→량심(良心)

3) 어간의 모음이 'ㅣ, ㅐ, ㅔ, ㅚ, ㅟ, ㅢ'인 경우에 토를 '여, 였'으로 적기로 하였다. (제13항)

예: 기어→기여, 기었다→기였다

　　개어→개여, 개었다→개였다

　　쥐어→쥐여, 쥐었다→쥐였다

4) 준ㅎ은 중간에 놓는 것을 원칙으로 하고 자음토를 센소리로 적는 것도 허용하였다. (제17항)

예: <u>본말</u>　　　　<u>원칙</u>　　　　　<u>허용</u>

　　　　가하다　　　　가ㅎ다　　　　가타

5) 합성어 사이에서 사이표( )를 쓰고 ‘사이ㅅ’을 버렸다. (제19항, 제24항)

　예: 깃발→기’발,　　　　　　　　나룻배→나루’배

　　　낚싯대→낚시’대,　　　　　　냇물→내’물

6) 표준어로 인정되던 단어들 가운데서 일부를 수정하였다. (제41항)

　예: 놀→노을,　　　　　　　　　눈추리→눈초리,

　　　달걀→닭알,　　　　　　　　도둑→도적,

　　　쇠고기→소고기,　　　　　　아내→안해,

　　　위→우,　　　　　　　　　　원수→원쑤,

　　　부수다→부시다,　　　　　　줍다→줏다

　　　장이→쟁이(접미사)

7) 일부 부사에서 마지막 음절을 ‘어’로 적던 것을 ‘여’로 적기로 하였다. (제43항)

　예: 구태어→구태여,　　　　　　도리어→도리여

　　　드디어→드디여

8) 과거의 반복된 행동을 나타내는 토로는 ‘군’을 인정하고 영탄의 뜻을 나타내는 토로는 ‘구나’를 인정하였다.

　예: 가곤 하였다→ 가군 하였다

　　　가는고나→가는구나(가는군)

9) 어근에 직접 또는 어근 다음에 토 ‘아, 어, 여’가 들어가고 ‘지다’가 붙은 것은 띄어 쓰지 않기로 하였다. (제48항)

　예: 건방 지다→건방지다

　　　그늘 지다→그늘지다

　　　추워 지다→추워지다

10) 인용표(‘ ’), 거듭인용표(〈 〉), 찌레(-)를 쓰기로 하였다. (제56항)

우리나라에서는 이 ‘조선어철자법’을 1954년부터 1969년까지 서사 규

범으로 삼았다. 하지만 조선에서는 1966년 6월에 조선 내각직속 국어
사정위원회의 명의로 된 '조선말규범집'이 나옴에 따라 '조선어철자법'
을 쓰지 않기로 하였다.

1956년에 조선과학원 언어문학연구소에서 편찬한 '조선어소사전'(올림
말 4만 여개)이 들어오고 1960년대 초에 6권으로 된 '조선말사전'(올림말
19만 개에 달함)이 들어옴에 따라 점차적으로 이 사전들에 준하여 서사규
범을 하였다. 그리고 조선과학원출판사에서 1960년에 출판한 '조선어문법
(Ⅰ)'과 1963년에 출판한 '조선어문법(Ⅱ)' 등은 우리의 서사법에서 부딪치
는 난제들을 이론적으로 해명함에 있어서 적극적인 역할을 놀았다.

제3시기(1970~1976년): '조선족 언어문제 모택동사상 학습반'에서 채
택된 '조선말띄어쓰기(방안)'를 따른 시기

1966년 5월부터 1976년 10월까지 이 10년 기간은 바로 '문화대혁명'
시기로서 '4인무리'들이 살판치면서 당의 민족 어문 정책과 민족 어문
사업을 여지없이 짓밟아 버렸다. 그리하여 우리 아름다운 민족어는 또
다시 수난기에 처하게 되었다.

1969년 3월 중순부터 4월 초까지 베이징에서 '조선족 언어 문제 모
택동사상 학습반'이 열렸는데 이 학습반에서는 언어에서 '평양을 따라
배워야 한다.'고 한 주은래 총리의 지시를 부정하고 한어의 공통 성분
을 증가하는 것을 취지로 한 번역 원칙들을 제정하였다. 하지만 이 학
습반에서는 또 조선어 서사법의 합법칙성을 반영한, 과학성과 대중성
을 통일한 '조선말띄어쓰기(초안)'가 채택되었다. 이 띄어쓰기의 초안은
연변 모주석저작 번역출판판공실에서 제정하여 내놓은 것으로서 1970
년 1월 1일부터 우리나라의 조선문으로 된 모든 간행물과 도서 출판물
에서 쓰기 시작하였다.

이 '조선말띄어쓰기(초안)'는 '총칙, 4장, 23항, 기타 약간한 규정'으로
이루어졌는데 이전 것과 달라진 것을 보면 다음과 같다.

1) 명사들이 토 없이 직접 어울려서 하나의 대상을 나타내는 경우에는 원칙적으로 붙여 쓴다고 하였다. (제2항)

　예: 기계기름, 박수소리

　　　중화인민공화국

2) 불완전명사는 붙여 쓴다고 하였다. (제3항)

　예: 우리는 성공할수 있다.

　　　더 말할나위가 없다.

3) 수사가 명수사와 어울리는 경우에는 붙여 쓴다고 하였다. (제6항)

　예: 세마리, 열장

　　　25센치미터, 250킬로미터

4) 보조적 동사와 보조적 형용사는 붙여 쓴다고 하였다. (제12항)

　예: 발전하고있다, 읽고싶다

　　　읽는가싶다, 돌아가버리다…

5) 여러 개 단어로 이루어진 학술 용어는 하나로 묶어 쓴다고 하였다. (제18항)

　예: 염알칼리성토양, 1원2차방정식,

　　　분홍할미꽃, 벼뿌리돼지벌레

6) 동사와 형용사가 어울려서 부사적으로 쓰이는 경우에는 붙여 쓴다고 하였다. (제20항)

　예: 아닌게아니라, 덮어놓고, 듣다못해

이상의 것을 모두어 보면 명사적 단어 결합, 한자어로 된 성구, 학술 용어 등은 붙여 쓰게 하였으며 보조적 단어들인 불완전 명사(단위명사도)와 일부 보조적 동사 그리고 굳어진 말들은 붙여 쓰게 하였다.

이 띄어쓰기는 지난날 단어들을 지나치게 띄어 써서 글을 읽거나 뜻을 이해하는데 불편한감을 주던 현상을 극복하며 사람들이 의식적이든 무의식적이든 단어들을 많이 붙여 쓰는 방향으로 나아가는 시대적 변화의 요구를 반영하였기 때문에 당시 광범위한 대중들의 환영을 받았다.

이 '띄어쓰기' 규정의 뒷부분에는 '사이표', '철자법', '문장부호법' 등에 대한 약간한 규정이 첨가되어 있는데 그것을 보면 다음과 같다.

1) 사이표(')는 합성어에서 첫째번 어근의 끝소리가 모음이나 'ㄴ, ㄹ, ㅁ, ㅇ'인 경우에만 찍도록 하였다.

예: 모음－기'발, 내'가, 내'물, 이'몸…

　　　ㄴ－손'등, 산'새, 산'짐승…

　　　ㄹ－불'길, 일'군, 들'깃, 들'보…

　　　ㅁ－잠'결, 움'집, 담'벽…

　　　ㅇ－등'불, 장'군, 상'보…

2) 한자어로서 사이표를 찍지 않으면 뜻이 달라지는 경우에 찍도록 하였다.

예: 당'적(党的) 당적[(党籍)]

　　사'적(私的) 사적[(事迹)]

3) 철자법은 종전에 써오던 것대로 표기한다고 하였다.

4) 문장부호도 종전에 써오던 것대로 표기한다고 하였다.

제4시기(1977~현재): 동북3성 '조선말규범집' 집필 소조에서 편찬한 '조선말규범집'을 따르는 시기

1976년 10월에 '4인무리'가 타도된 이후 소수 민족의 언어 문제에 대한 당의 올바른 방침과 정책이 관철되기 시작하였다. 그 이듬해인 1977년 8월에 흑룡강성 해림에서 열린 동북3성 조선어문사업 제1차 실무회의에서 '조선어표준발음법', '조선말맞춤법', '조선말띄어쓰기', '문장부호법' 등 4법이 채택되었다.

이해 11월에 동북3성 '조선말규범집' 집필 소조에서 편찬한 '조선말규범집(시용 방안)'이 연변인민출판사에서 출판되었다.

이 '조선말규범집'은 표준발음법, 맞춤법, 띄어쓰기, 문장부호법으로 묶어졌다.

‘맞춤법’은 ‘총칙, 7장, 26항’으로 이루어졌는데 달라진 것을 보면 대체적으로 다음과 같다.

1) 준ㅎ은 적지 않기로 하였다. (제12항)

예: 예ㅎ건대 →예컨대

　　다정ㅎ다 →다정타

2) 사이표(’)는 발음교육 등을 목적으로 하는 특수한 경우를 제외하고 쓰지 않기로 하였다. (제17항)

3) 한자음에서 두음 ㄹ이 변한 것은 그대로 인정하였다. (제23항)

예: 라팔 →나팔, 라사 →나사, 로 →노

‘띄어쓰기’는 ‘총칙, 7장, 20항’으로 되었는데 1969년에 제정한 ‘띄어쓰기’와 별 차이가 없다. 다만 수사에서의 띄어쓰기를 똑똑히 밝힌 것뿐이다. 즉 ‘수사는 아라비아 수자로 적는 것을 원칙으로 하되 조선 문자로 단위를 달아 줄 경우거나 순 조선 문자로 적을 경우에 만, 억, 조 등의 단위에서 띄어 쓴다.’(제7항)고 규정하였다.

예: 9억 8765만 4321

　　구억 팔천칠백육십오만 사천삼백스물하나

‘문장부호법’은 ‘총칙, 18항’으로 이루어졌는데 새로 보충한 것들로는 ‘숨김표(○○○)’, ‘같음표(″)’, ‘물결표(∼)’ 등이다.

이 ‘규범집(시용 방안)’은 1983년 8월에 열린 동북3성 조선어문사업 제6차 실무회의(할빈회의)에서 정식본으로 채택되었다. 그 후 전면적 수정을 거쳐 1985년 1월에 동북3성 조선어문사업협의소조판공실의 명의로 정식 규범집을 세상에 내놓았다.

1980년부터 지금까지 우리나라 서사 규범에서 주요한 역할을 놀고 있는 사전들로는 연변언어연구소에서 편찬한 ‘조선말소사전’(1980년)과 조선사회과학원 언어연구소에서 편찬한 ‘현대조선말사전(제2판)’(1981년) 그리고 문창덕, 유은종, 박상일 등이 편찬한 ‘조선말맞춤법사전’을 들 수 있다.

아래에 80년대에 들어와서 우리나라의 맞춤법에는 어떤 변화가 있는가를 보기로 한다.

1) 앞모음화 현상을 인정하는 것으로 하여 적잖은 철자가 바뀌어졌다. (이것은 실제에 있어서 표준어가 바뀐 것이다.)

① 'ㅏ'가 'ㅐ'로 변한 것

예: 가랑이 → 가랭이, 금싸라기 → 금싸래기, 노오라기 → 노오래기, 지푸라기 → 지푸래기…

② 'ㅓ'가 'ㅔ'로 변한 것

예: 구더기 → 구데기, 구덩이 → 구뎅이, 누더기 → 누데기, 엉덩이 → 엉뎅이.

2) 접미사에서 철자가 바뀐 것

예: 고즈너기 → 고즈넉이, 느직느직히 → 느직느직이, 터부룩히 → 터부룩이

3) 합성어의 표기에서 철자가 바뀐 것

예: 널빤지 → 널판지

비설겆이 → 비설겆이

관자놀이 → 관자노리

넓적다리 → 넙적다리

4) 한자어의 적기에서 철자가 바뀐 것

예: 상말 → 쌍말, 상소리→쌍소리…

5) 사이표를 쓰지 않는 데서 철자가 바뀐 것

예: 시'누렇다→싯누렇다

해'곡식→햇곡식

6) 사투리거나 비표준적인 단어가 표준어와 교체되면서 철자가 바뀐 것

예: 잔나비→잰내비, 차갑다→차겁다

거머리→거마리, 갈치→칼치,

켤레→컬레, 논둑→논뚝

그리고 이 기간에 나온 주요한 문법서들로는 최윤갑의 '조선어문법'(1980년), 서영섭의 '조선어실용문법'(1981년), 동북3성 '조선어문법' 편찬소조에서 낸 '조선어문법'(1983년) 등인데 이런 문법서들은 우리들이 서사 규범을 통일해 나가는 데 있어서 주요한 이론적 의거로 되었다.

2

중국에서의 조선어 외래어 표기는 해방 후로부터 1990년까지 기본적으로 조선의 외래어 표기법을 따랐다. 그러다가 1990년 11월 20일에 중국조선어사정위원회 제7차 심사회의에서 우리들 자체로 제정한 '외래어 표기법' 세칙이 채택되었다.

외래어 표기에서는 '원음에 따르고 습관을 존중하는 것'을 총칙으로 삼았다.

그 세칙을 간추려 보면 다음과 같다.

1) 외래어 표기는 그 나라, 그 민족의 발음에 가깝게 적는 것을 원칙으로 하였다.

예: 그라인더(grinder 영어) ×구라인다, 그라인다

뉴앙스(nuance 프랑스어) ×뉴안스

2) 굳어진 외래어는 관습대로 적는 것을 원칙으로 하였다.

예: 도마도(tomato 영어) ×토마토

샤쯔(shirt 영어) ×셔트

다이야(tire 영어) ×타이어

3) 원어를 밝히기 어려운 외래어는 지금 쓰고 있는 대로 둔다고 하였다.

예: 가방

4) 외래어 표기는 현행 조선어 자모 체계에 의거하고 새로운 자모거

나 보조적 부호를 쓰지 않는다고 규정지었다.

이 외래어 표기 세칙은 우리들이 제정하였지만 기본적으로 조선의 '외래어적기법'과 별로 차이가 없는 것이다.

3

해방 전에 우리 겨레들은 다같이 1933년에 조선어학회에서 공포한 '한글 맞춤법 통일안'과 1936년에 사정한 '조선어 표준말 모음' 등에 준하여 서사 생활을 하였다. 하지만 해방 후 조선 국토가 분단되고 민족이 분열되면서 이 사서법도 남북 두 개로 갈라져 점차 달리 쓰이게 되었다.

이러한 역사적, 정치 사회적 환경에서 세계 각지에 있는 우리 겨레들은 이념과 제도에 따라 서사법에서도 각기 북이거나 남을 따르게 되었는데 중국에 있는 우리들은 바로 북의 서사법을 따르게 되었다. 그러므로 중국에서의 조선어 서사 규범의 내용과 그 변화 발전은 북의 서사 규범의 내용과 기본적으로 같으며 그 변화 발전과 긴밀히 연계되어 있다.

그러면 아래에서 중국에서의 조선어의 서사법과 남북의 차이를 비교해 보기로 한다.

1) 맞춤법에서의 차이

① 한자 어두음 'ㄴ', 'ㄹ' 표기의 차이

한자 어두음 'ㄴ'와 'ㄹ'를 우리와 북에서는 다같이 음절마다 해당 한자음대로 적는 것을 원칙으로 하고 있으나 남에서는 지금도 20세기 30연대의 '맞춤법 통일안'의 규정대로 적고 있다.

예: <u>중국</u>　　　<u>북</u>　　　<u>남</u>
　　녀자　　　　녀자　　　　여자

뇨소	뇨소	요소
력사	력사	역사
로동	로동	노동

② '사이소리' 표기에서의 차이

우리와 북에서는 종전에 써오던 '사이표(')'를 발음 교육 등을 목적으로 하는 특수한 경우를 제외하고는 모두 쓰지 않기로 하였다. 하지만 북에서는 1988년도의 '조선말규범집'에서 동음이의어인 일부 고유어들에서 혼동을 피하기 위하여 '사이ㅅ'을 넣고 있다.

예: 샛별(계명성)－새별(새로운 별)

　　빗바람(비가 오면서 부는 바람)－비바람(비와 바람)

남에서는 '사이ㅅ'을 많이 써오다가 1988년도의 문교부의 '한글맞춤법(고시본)'에서는 두 음절로 된 한자어에서 '곳간, 셋방, 숫자, 툇간, 찻간, 횟수'에만 '사이ㅅ'을 두고 그 나머지 한자어에서는 두지 않기로 하였다.

③ 자모음의 배열 순서에서의 차이

우리와 북에서는'ㄱ, ㄴ, ㄷ, ㄹ, ㅁ, ㅂ, ㅅ, ㅇ, ㅈ, ㅊ, ㅋ, ㅌ, ㅍ, ㅎ, ㄲ, ㄸ,ㅃ, ㅆ, ㅉ, ㅏ, ㅑ, ㅓ, ㅕ, ㅗ, ㅛ, ㅜ, ㅠ, ㅡ, ㅣ, ㅐ, ㅒ, ㅔ, ㅖ, ㅚ, ㅟ, ㅢ, ㅘ, ㅝ, ㅙ, ㅞ'이나 남에서는 'ㄱ, ㄲ, ㄴ, ㄷ, ㄸ, ㄹ, ㅁ, ㅂ, ㅃ, ㅅ, ㅆ, ㅇ, ㅈ, ㅉ, ㅊ, ㅋ, ㅌ, ㅍ, ㅎ, ㅏ, ㅐ, ㅑ, ㅒ, ㅓ, ㅔ, ㅖ, ㅗ, ㅘ, ㅙ, ㅚ, ㅜ, ㅞ, ㅟ, ㅠ, ㅡ, ㅢ, ㅣ'이다.

자모 배열 순서의 차이로 하여 남의 사전을 찾아보는 데 매우 불편한 감을 느낀다.

2) 띄어쓰기에서의 차이

우리와 북에서는 단어를 단위로 하여 띄어쓰는 것을 원칙으로 하되 단어 결합, 불완전 명사, 보조적 동사 등을 붙여 쓰지만 남에서는 여전히 단어마다 띄어 쓰고 있으며 불완전(의존)명사, 단위명사, 보조적 동사 등을 띄어 쓰고 있다. 1988년도의 문교부의 '한글맞춤법(고시본)'에

서는 성과 이름, 보조적 동사 등을 붙여 쓸 수 있는 허용 범위에 넣고
있다.

예: <u>중국</u>　　　　북　　　　　남
　　강철공업　　　강철공업　　　강철 공업
　　좋은것　　　　좋은것　　　　좋은 것
　　세자루　　　　세자루　　　　세 자루

3) 문장 부호법에서의 차이

① 우리와 북에서는 인용표를 《 》, 거듭인용표를 〈 〉로 쓰고 있으나
　　남에서는 인용표(큰따옴표)를 " ", 거듭인용표(작은따옴표)를 ' '
　　로 쓰고 있다.

② 병렬된 단어들에서 우리와 북에서는 반점(,)을 찍고 있으나 남에
　　서는 가운데점(·)을 찍고 있다.

4) 외래어 표기법에서의 차이

① 국명, 지명, 인명 표기에서의 차이

예: <u>중국</u>　　　　북　　　　　남
　　쏘련　　　　　쏘련　　　　　소련
　　꾸바　　　　　꾸바　　　　　쿠바
　　빠리　　　　　빠리　　　　　파리
　　쓰딸린　　　　쓰딸린　　　　스탈린

② 일반 용어에서의 차이

예: <u>중국</u>　　　　북　　　　　남
　　킬로메터　　　키로메터　　　킬로미터
　　알칼리　　　　알카리　　　　알칼리
　　딸라　　　　　딸라　　　　　달러
　　뻐스　　　　　뻐스　　　　　버스

4

이상에서 우리는 해방 후 중국에서의 조선어 서사 규범의 변화 발전을 4개 단계로 나누어 역사적으로 고찰해 보았으며 우리의 서사법과 남북의 주요한 차이점을 살펴보았다.

그러면 아래에서 몇 가지 점을 귀납해 보기로 한다.

첫째, 중국에서의 조선어 서사 규범의 변화 발전은 독자적인 성격을 띠는 것이 아니라 조선의 서사 규범의 변화 발전과 밀접한 연계를 가지면서 완만히 변화 발전하여 왔다. 이것은 우리 사서 규범의 주요한 특성이다.

둘째, 오늘날 개혁, 개방 시대에 있어서 특히 민족어의 이질화를 극복하고 동질성을 회복하기 위해서는 보다 합리적이고 실용적인 규칙으로서의 정립이 절실히 필요하다. 예컨대 현행 띄어쓰기는 지난날 단어마다 번쇄하게 띄어 써서 읽기와 쓰기에 불편하고 이해하기에 어렵던 현상을 극복하는 면에서 우점을 갖고 있지만 다음과 같은 문제도 있다는 것을 간과할 수 없다.

① 조항이 많고 '특수 경우'가 많아 장악하기 어렵다. (내용이 5장 22항)
② 하나의 대상을 나타내는 긴 것들은 단어의 의미적 구분이 잘 안겨 오지 않는다. (예: 청소년학생혁명전통교양영화관람활동)
③ 이론 실천적으로 합성어와 단어 결합의 한계, 단위 명사의 한계, 접두사와 관형사의 한계 등에서 똑똑하지 못하다.

총적으로 현행 띄어쓰기는 '단어'로 될 수 있는 것은 최대한으로 붙여 씀으로써 한눈에 잘 안겨 오지만 불필요한 '종합→분석→종합'의 세 단계를 거쳐야 하며 의미−문법적인 분석을 해야만 된다. 그러므로 워낙 글을 빨리 읽고 쉽게 이해하도록 하기 위한 서사 수단의 띄어쓰기는 누구나 쉽게 익혀 쓰기에 편리하도록 해야 한다.

셋째, 민족어의 차이점을 줄이고 동질성을 회복하기 위하여 민간적 차원에서 또는 국가적 차원에서 학계와 문화계의 교류를 광범위하게 벌려야 한다.

참고 문헌

① '민족어를 발전시킨 경험' 박영수, 조선 사회과학출판사.

② "'조선말규범집'해설", 조선 사회과학출판사.

③ "'조선말규범집'해설", 중국 연변인민출판사.

④ '개정한 한글 맞춤법 표준어 해설' 이은정, 한국 대제각.

⑤ '문자학개요' 권종석, 조선 과학백과사전출판사.

Ⅵ. 현행 '조선말띄어쓰기'에 대한 고찰과 연구

1. 서 론

띄어쓰기 규범은 맞춤법, 문장 부호법, 외래어 표기법 등과 같이 서사 수단 사용법에서 통일성과 체계성을 보장하기 위한 규범으로서 언어규범에서 자못 중요한 자리를 차지한다.

우리의 현행 띄어쓰기는 1969년 연말에 연변조선족자치주 혁명위원회의 문건으로 하달되어 1970년 1월 1일부터 우리 간행물과 도서들에서 시행하다가 1977년 8월 동북3성 제1차 실무회의에서 다시 시용 방안으로 채택되어 썼다. 그 후 1983년 8월에 동북3성 조선어문사업 제6차 실무회의에서 정식 시용본으로 채택되어 지금까지 옹근 22년 동안 써왔다.

이 현행 띄어쓰기는 그 동안 우리나라 조선문으로 된 간행물과 도서들에서의 서사 생활의 통일성을 기하는 데 있어서 커다란 역할을 놀았다. 하지만 현행 띄어쓰기는 그 동안의 실천을 통하여 문제점도 적지 않다는 것을 보아 낼 수 있다.

오늘날 우리들이 중국에서의 조선말띄어쓰기의 발전 법칙과 특점을 옳게 찾으며 존재한 문제점들을 옳게 구명하는 것은 21세기를 향한 중국에서의 조선족 문화 발전에 커다란 의의를 갖는다고 본다.

2. 현행 띄어쓰기의 특점

① 현행 띄어쓰기는 우리나라에서 독자적으로 발전시킨 것이 아니라 1966년 6월에 조선민주주의인민공화국 내각직속 국어사정위원회에서 공포한 '조선말규범집'의 '띄어쓰기법'을 우리나라의 구체 실정에 맞게 발전시킨 것이다.

② 현행 띄어쓰기는 지난날 단어마다 토막토막 띄어 써서 읽기 어렵고 내용을 이해하는 데 어렵던 폐단들을 극복하고 한눈에 안겨오도록 조절함으로써 독서 능률을 가일층 높이었다.

③ 현행 띄어쓰기는 명사적 단어 결합, 불완전(의존)명사, 보조적 단어 등에 대한 일반 대중들의 단어에 대한 인식이 희박한 것들을 붙여 씀으로써 실용성에 이바지하였다.

④ 현행 띄어쓰기는 지난날의 띄어쓰기보다 지면을 절약하는 면에서 우점을 갖고 있다.

중앙민족출판사에서 1970년도에 출판한 '모택동선집' 제1권은(현행 띄어쓰기에 의하여 한 것) 1965년도에 출판한 것보다 35페이지나 줄었다.

⑤ 현행 띄어쓰기로 하여 많은 단어 결합들이 단어로 넘어갔다.

○ 짜고들다, 들고일어나다, 돌아가다, 귀담아듣다, 쩔쩔매다, 붉으락푸르락, 씻은듯부신 듯…

3. 현행 띄어쓰기의 문제점

① 현행 띄어쓰기는 조항이 많고 '특수 경우' 또는 '그러나' 하는 경우가 많아 장악하기 어렵다.

ㄱ. 1933년의 '한글 맞춤법 통일안'의 띄어쓰기 부분은 단지 3항으로

되어 있으나 현행 띄어쓰기는 3장 22항으로 되어 있어 좀 장악

하기 어렵다.

ㄴ. 현행 띄어쓰기는 뜻에 따라, 앞에 오는 규정어에 따라 띄어쓰기

　를 달리 해야 하며 공통하게 어울리는 단어들이 오는 경우에도

　달리 해야 하므로 좀 어렵다.

○ 김순희어머니(그 자신일 때)

　김순희 어머니(김순희의 어머니)

○ 농촌건설

　새 농촌 건설

ㄷ. 고유한 명칭은 전체와 부분 또는 급별의 차이에 따라 단계별로

　내려 가면서 띄어쓰기를 하므로 좀 복잡성을 느끼게 한다.

○ 중국공산당 중앙위원회 군사위원회 (전칭)

　중공중앙 군사위원회(약칭), 중공중앙군위 (약칭)

② 하나의 대상을 나타내는 긴 단위들은 때로 단어의 의미적 구분이

　잘 안겨오지 않는다.

○ 전인민적소유제공업기업소경영기제전환조례(20자) ('연변일보' 1992,

　8. 4. 4면)

③ 단어 한계에 대한 계선이 똑똑하지 못함으로 하여 띄어쓰기에 어

　려움을 갖다 준다.

ㄱ. 'ㄴ', 'ㄹ'형의 동사나 형용사가 명사와 어울려서 하나의 단어로

　굳어지는 경우와 단어결합의 경우의 계선.

○ 먼것－가까운 곳, 둥근달－붉은 해, 붉은색－푸르무레한 색

ㄴ. 접두사와 관형사의 계선.

○ 첫걸음－첫 걸음, 새옷－새 옷, 전세계－전 세계, 제문제－제 문제

ㄷ. 명사에 동사나 형용사가 직접 어울려서 하나의 단어로 되는 경

　우와 되지 않는 경우의 계선.

○ 밥먹다―이밥 먹다, 신신다―구두 신다, 노래부르다―유행가 부르다

ㄹ. 명사 또는 명사적 단어에 '없다', '같다'가 직접 어울려서 형용사
　　로 되는 경우와 되지 않는 경우의 계선.

○ 금싸래기같다, 두루미꽁지같다―호랑이 같다, 곰 같다

○ 보잘것없다, 물샐틈없다―하잘것 없다, 두말할것 없다

※ 현행 띄어쓰기의 문제점에 대한 필자의 분석은 논문 개요에서 지
　　면 관계로 약함.

4. 결 론

1) 띄어쓰기는 워낙 글을 빨리 읽고 쉽게 이해하도록 하기 위한 서
사 수단인 것만큼 규정은 누구나 쉽게 익혀 쓰기에 편리하도록 해야
한다.

2) 합성어와 단어 결합의 한계, 접두사와 관형사의 한계 등을 이론
적으로 더 똑똑히 천명함으로써 띄어쓰기에서 장악하기 쉽도록 해야
한다.

3) 사회적 언어 규범의 통일성을 확보하기 위하여 될수록 '특수 경
우'거나 '허용 범위'를 두지 말아야 한다.

4) 민족어의 이질성을 줄이고 동질성을 증가하기 위하여 민간적 차
원 또는 국가적 차원에서 학계의 교류를 광범위하게 벌려야 한다.

Ⅶ. 조선, 한국의 현행 조선말/한국어 띄어쓰기에 대한 고찰

1. 서 론

우리 민족의 문화 발전사에서 획기적인 의의를 가지는 '훈민정음'이 창제된 지도 벌써 548년이 된다. 이 기나긴 역사의 흐름 속에서 우리말과 글은 험난한 가시덤불길을 헤쳐 오면서 찬란한 발전의 일로를 걸어왔다. 특히 최근 연간에 과학 기술과 문화의 비약적인 발전으로 하여 우리말과 글은 더욱 빠른 속도로 발전하고 있다.

그러나 제2차 세계대전후 38선이란 두터운 장벽에 의하여 인위적으로 조성된, 근 반세기에 걸친 분단 상태는 같은 혈육을 둘로 갈라 놓았을 뿐만 아니라 남북 언어에도 커다란 격차를 가져왔다.

현하 남북에서 통일의 열망이 날로 드높아 가고 남북과 해외에 있는 우리 겨레들 사이의 인적 왕래와 경제, 문화 교류가 날로 빈번해짐에 따라 우리 서사법(정서법)에 대한 통일의 필요성과 절박성을 더욱 느끼게 된다.

필자는 이 글에서 우리말 서사법에서 주요한 자리를 차지하고 있는 띄어쓰기에 대한 남북의 규범에 대하여 그 차이점을 옳게 밝히고 문제점들을 찾음으로써 통일된 띄어쓰기 규범을 모색하려는 데 있다.

2. 조선, 한국의 띄어쓰기 규범의 역사

띄어쓰기 규범은 맞춤법, 문장부호법, 외래어 표기법, 전사법 등과 같이 서사 수단 사용법에서의 통일성과 체계성을 보장하기 위한 규범으로서 언어 규범에서 자못 중요한 자리를 차지한다.

해방 전에 조선에서는 1933년에 조선어학회에서 제정한 '한글 맞춤법 통일안'의 띄어쓰기원칙에 의하여 서사 생활을 하였으나 해방 후 조선 국토가 양단되고 민족이 분열되면서 이 서사 규범도 남북 두 개로 분화되어 달리 쓰게 되었다.

해방 후 40여 년간 북과 남에서는 여러 차례에 걸쳐 각기 표기법 개정안들을 제정하여 공포하였다.

조선에서:

① 1948년에 조선어문연구회의 명의로 '조선어 신철자법'을 공포하였는데 띄어쓰기 부분이 1장 3항으로 되어 있다.

② 1954년에 과학원언어연구소의 명의로 '조선어철자법'이 공포되었는데 띄어쓰기 부분이 1장 56항으로 되어있다.

③ 1966년에 국어사정위원회의 명의로 '조선말규범집'이 나왔는데 띄어쓰기 부분이 6장 23항으로 되어 있다.

④ 1988년에 국어사정위원회에서는 1966년에 내보낸 '조선말규범집'을 전면적으로 검토하고 일부 조항과 내용들을 수정 보충하여 다시 세상에 내보냈다. 이 규범집에서의 띄어쓰기부분은 5장 22항으로 되어 있다.

한국에서:

한국에서도 일찍부터 한글학회의 주관으로 '한글 맞춤법 재심위원회'를 두고 여러 해 동안 심의 검토하고 그 수정안을 문교부에 제출하여 1979년에 문교부의 명의로. 1984년에는 학술원의 명의로, 1986년에는 국어연구소의 명의로 각각 '맞춤법 개정안'을 공포했으며 1988년에는 문교부의 명의로 '한글 맞춤법 (고시본)'을 세상에 내놓았다. 이 맞춤법에서의 띄어쓰기는 1장 4절 10항으로 되어 있다.

남북에서 공포한 띄어쓰기를 비교 고찰해 보면 해방 후 즉 1945년부터 1966년까지의 남북의 띄어쓰기는 기본적으로 같다. 그러나 1966년에 북에서 새로운 띄어쓰기 규범을 공포한 후부터 남북의 띄어쓰기에 큰 격차가 생기게 되었음을 볼 수 있다.

남에서 1988년에 문교부에서 공포한 '한글 맞춤법 (고시본)'의 띄어쓰기 규범을 비교 고찰해 보면 북과 남의 띄어쓰기는 일부 같거나 접근하고 있음을 볼 수 있지만 여전히 큰 차이가 있다는 것을 볼 수 있다.

3. 조선, 한국의 띄어쓰기의 차이점

조선, 한국의 현행 띄어쓰기의 차이점은 대체로 다음과 같다.

1) 띄어쓰기의 총칙에서의 차이점

조 선:

조선어의 글에서는 단어를 단위로 하여 띄어 쓰는 것을 원칙으로 하되 자모를 소리마디 단위로 묶어 쓰는 특성을 고려하여 특수한 어휘 부류는 붙여 쓰도록 한다.

한 국:

문장의 각 단어는 띄어 씀을 원칙으로 한다.

위의 총칙에서 보다시피 남북에서는 다같이 띄어쓰기에서 '단어를 단위로 하여 띄어 쓰는 것을 원칙으로 한다.'고 하였지만 구체적으로 어떤 것을 붙여 쓰고 어떤 것을 띄어 쓰는가 하는 규정들에서는 적잖은 차이들을 보이고 있다.

2) 명사와 관련한 띄어쓰기에서의 차이점

① 명사들이 토 없이 어울려 하나의 통일된 개념을 나타내는 명사적
   단어 결합을 북에서는 붙여 쓰지만 남에서는 띄어 쓴다.

조선	한국
어린이모자	어린이 모자
학생용가방	학생용 가방
한글전용	한글 전용
표준발음	표준 발음
명사적단어결합	명사적 단어 결합
텔레비죤공용안테나	텔레비전 공용 안테나

② 한자어로 된 성구나 하나로 굳어진 한자어를 북에서는 붙여 쓰지
   만 남에서는 띄어 쓴다.

조선	한국
실사구시	실사 구시
우후죽순	우후 죽순
무궁무진	무궁 무진
동서고금	동서 고금

③ 전문 용어를 북에서는 붙여 쓰지만 남에서는 단어별로 띄어 씀을
   원칙으로 하되 붙여 쓰는 것을 허용하고 있다.

조선	한국
급성복막염	급성 복막염
대륙간탄도유도탄	대륙간 탄도 유도탄
방사성동위원소	방사성 동위 원소
산성탄산나트리움	산성탄산나트륨
염화암모니움	염화암모늄
장거리달리기	장거리 달리기

④ 성과 이름 뒤에 오는 호칭어와 직명 등을 북에서는 다 붙여 쓰지

만 남에서는 성명 뒤에 오는 것을 띄어 쓰고 성과 이름 뒤에 오
는 것은 붙여 씀을 허용하고 있다.

<table>
<tr><td>조선</td><td>한국</td></tr>
<tr><td>최치원선생</td><td>최치원 선생</td></tr>
<tr><td>박성호부장</td><td>박성호 부장</td></tr>
<tr><td>이순신장군</td><td>이순신 장군</td></tr>
<tr><td>권경남아저씨</td><td>권경남 아저씨</td></tr>
<tr><td>김순옥아주머니</td><td>김순옥 아주머니</td></tr>
</table>

　　한국 허용: 최선생, 박부장, 이장군, 권아저씨, 김아주머니, 학철
　　　　　　　동생 …

⑤ 고유한 명칭을 북에서는 단계별로 내려가면서 띄어 쓰지만 남에
　서는 단어별로 띄어 씀을 원칙으로 하되 단위별로 띄어 씀을 허
　용하고 있다.

<table>
<tr><td>조선</td><td>한국</td></tr>
<tr><td>베이징대학 어문학부
조선어강좌</td><td>베이징 대학 어문 학부 조선어 강좌
[허용] 베이징대학 어문학부 조선어강
좌</td></tr>
<tr><td>대한대학교부설
국어학연구원</td><td>대한 대학교 부설 국어학 연구원
[허용] 대한대학교 부설 국어학연
구원</td></tr>
</table>

⑥ 불완전명사(의존명사, 단위명사)를 북에서는 붙여 쓰지만 남에서
　는 띄어 쓴다.

<table>
<tr><td>조선</td><td>한국</td></tr>
<tr><td>아는것</td><td>아는 것</td></tr>
<tr><td>화난김에</td><td>화난 김에</td></tr>
<tr><td>더할나위</td><td>더할 나위</td></tr>
<tr><td>저런따위</td><td>저런 따위</td></tr>
</table>

알기때문에	알기 때문에
그럴리가	그럴 리가
할바를	할 바를
어떤이가	어떤 이가
할수 있다	할 수 있다
가려던참에	가려던 참에
아는대로	아는 대로
본둥만둥	본 둥 만 둥
갈듯말듯	갈 듯 말 듯
보는족족	보는 족족
한개	한 개
한마리	한 마리
한자루	한 자루
한그루	한 그루
서른살	서른 살
두근	두 근
넉냥	넉 냥
한시간	한 시간
다섯키로	다섯 킬로

한국에서는 불완전(의존) 명사가 일부 체언 뒤에 결합하여 쓰일 때 조사로 인정하여 붙여 쓴다.

예: { 본 대로 말한다.
{ 약속대로 지킨다.

3) 수사와 관련한 띄어쓰기에서의 차이점

① 북에서는 '수사를 우리 글자로만 적거나 아라비아 수자에 〈백, 천, 만, 억, 조〉 등의 단위를 우리 글자와 섞어 적을 때에는 그것

을 단위로 하여 띄어 쓴다.'고 규정하였다.

예: 구십삼억 칠천 이백 오십팔만

　　류천 삼백 류십오

　　3만 5천 6백 25

남에서는 '수를 적을 적에는 〈만〉 단위로 띄어 쓴다.'고 규정하였다.

예: 십이억 삼천사백오십육만 칠천팔백구십팔

　　12억 3456만 7898

② '수'나 '여', '나마'가 수사와 직접 어울려서 대략의 수량을 나타내는 경우에 북에서는 붙여 쓰지만 남에서는 띄어 쓴다.

조선	한국
수백만	수 백만
수십억	수 십억
100여(톤)	100 여 (톤)
오백명나마	오백 명 나마

③ '성상, 세월, 나이, 평생, 고개' 등과 같은 완전 명사를 북에서는 단위 명사에 준하여 수사와 붙여 쓰지만 남에서는 띄어 쓴다.

조선	한국
15성상	15 성상
70나이	70 나이
60평생	60 평생
쉰고개	쉰 고개

4) 대명사와 관련한 띄어쓰기에서의 차이점

(1) 북에서는 대명사를 원칙적으로 다른 품사와 띄어 쓰나 다음과 같은 경우에는 붙여 쓴다.

① 대명사가 불완전(의존) 명사 또는 일부 단음절 명사와 직접 어울린 경우에는 붙여 쓴다.

예: 이것, 그이, 무엇때문에, 누구것이냐, 네탓이다, 이해, 이달, 그밖
에, 그곳, 이때 …

② 대명사가 '자신, 자체, 전체, 모두, 스스로'와 어울리는 경우에는
붙여 쓴다.

예: 나자신, 우리들전체, 그들자체, 우리모두가, 우리스스로 …

③ 대명사가 겹치면서 강조 또는 여럿의 뜻을 나타내는 경우에는 붙
여 쓴다.

예: 누구누구, 무엇무엇, 너도나도, 그나저나, 이곳저곳, 네것내것 …

(2) 남에서도 대명사는 원칙적으로 다른 품사와 띄어 쓰지만 '단음절
로 된 단어가 나타날 적에는 붙여 쓸 수가 있다.'고 규정하였다.

원 칙: 이 집 저 집
허 용: 이집 저집

5) 동사, 형용사와 관련한 띄어쓰기에서의 차이점

남북에서는 다같이 자립적인 동사나 형용사가 다른 자립적인 동사나
형용사와 어울린 경우에는 띄어 쓰지만 다음과 같은 경우에는 같지 않다.

(1) '−아, −어, −여'형의 동사나 형용사에 보조적으로 쓰이는 동사
가 직접 어울리는 경우에 북에서는 붙여 쓰지만 남에서는 띄어 씀을
원칙으로 하되 경우에 따라 붙여 씀도 허용하고 있다.

보조동사	조선	한국(원칙)
가다	싸워가다, 죽어가다	싸워 가다, 죽어 가다
가지다	배워가지고, 알아가지고	배워 가지고, 알아 가지고
나다	겪어나다, 견뎌나다	겪어 나다, 견뎌 나다
내다	이겨내다, 참아내다	이겨 내다, 참아 내다
놓다	적어놓다, 열어놓다	적어 놓다, 열어 놓다
대다	울어대다, 먹어대다	울어 대다, 먹어 대다
두다	알아두다, 기억해두다	알아 두다, 기억해 두다

드리다	읽어드리다, 도와드리다	읽어 드리다, 도와 드리다
버리다	놓쳐버리다, 쓸어버리다	놓쳐 버리다, 쓸어 버리다
보다	읽어보다, 써보다	읽어 보다, 써 보다
오다	겪어오다, 참아오다	겪어 오다, 참아 오다

(2) '-고'형의 동사가 다른 동사와 어울려 하나의 동사로 녹아 붙은 경우에 북에서는 붙여 쓰지만 남에서는 띄어 쓴다.

조선	한국
짜고들다	짜고 들다
밀고나가다	밀고 나가다
놀고먹다	놀고 먹다
안고뭉개다	안고 뭉개다

(3) '-아, -어, -여'형이 아닌 다른 형 뒤에서 보조용언을 북에서는 붙여 쓰지만 남에서는 띄어 쓴다.

조선	한국
읽고있다	읽고 있다
먹고싶다	먹고 싶다
끝나고나서	끝나고 나서
쓰고말다	쓰고 말다
써놓고보니	써놓고 보니

(4) 토 없는 명사에 고유어로 된 동사와 형용사가 직접 어울려서 하나의 동사나 형용사를 이루는 경우에 북에서는 붙여 쓰지만 남에서는 띄어 쓴다.

조선	한국
가살부리다	가살 부리다
익살피우다	익살 피우다
가슴아프다	가슴 아프다
활기있다	활기 있다

깊이있다   깊이 있다

이상에서 조선 한국의 현행 띄어쓰기에 대한 차이점을 전면적으로 비교·고찰하였다.

이상의 비교·고찰을 통하여 우리는 남북간에 차이도 있지만 남에서 이전보다 허용 범위를 확대함으로써 점차 서사 생활에서 동질성이 더 증가되고 있음을 기껍게 엿볼 수 있다.

4. 조선, 한국의 현행 띄어쓰기에서 나타나는 문제점

북의 '조선말규범집'에서 제정된 띄어쓰기는 지난날 단어마다 번쇄하게 띄어 써서 읽기와 쓰기에 불편하고 이해하기에 어렵던 현상을 극복하는 면에서 커다란 우점들을 가지고 있다. 그리나 다음과 같은 문제들도 있다는 것을 간과할 수 없다.

1) 조항이 많고 '특수 경우'가 많아 장악하기 매우 어렵다.
① 내용이 5장 22항으로 되어 있으며 '일반적인 대상', '고유한 대상' 또는 '그러나' 하는 경우가 많다.
② 뜻에 따라 띄어쓰기를 달리 해야 한다.
○ 이정숙어머니(그 자신일 때)

  이정숙 어머니(이정숙의 어머니)
○ 한마을, 한직장, 한학교에서 …

  ('한'이 수량적인 뜻이 없이 '같은'의 뜻을 나타낸다.)

  한 사나흘 걸렸다.

  (수사 '한'이 '대략'의 뜻을 나타낸다.)

  한 사람이 말하기를 …

  (수사 '한'이 '어떤'의 뜻을 나타낸다.)

③ 앞에 오는 규정어에 따라 띄어쓰기를 달리 해야 한다.

○ 계획작성을 한다.

　웅대한 계획 작성을 한다.

○ 침략자들은 전쟁도발을 책동한다.

　침략자들은 새 전쟁 도발을 책동한다.

④ 공통하게 어울리는 단어들이 오는 경우에 띄어쓰기를 달리 해야
한다.

예: 학교 교원과 학생

　공장 노동자, 기술자, 사무원

　강철, 석탄, 시멘트 생산

　국제 및 국내 정세

　민족적 독립과 해방 사업

⑤ 고유한 명칭은 전체와 부분 또는 급별의 차이에 따라 단계별로
내려가면서 띄어쓰기를 해야 한다.

예: 조선민주주의인민공화국 내각직속 국어사정위원회

2) '느', '르'형의 동사나 형용사가 명사와 어울렸을 때 붙여 쓰기는
장악하기 매우 어렵다.

○ 더운물, 더운밥, 더운방 … [명사]

　더운 곳, 더운 집, 식은 밥 … [단어 결합]

○ 볼일, 살길 … [명사]

　할 일, 갈 일, 먹을 일, 웃을 일 … [단어 결합]

이상의 예에서 규정적 관계로 맞물린 단어들을 붙여 써야 옳은가 띄
어 써야 옳은가 하는 것들이 어려운 문제로 나서고 있다.

3) 하나의 대상을 나타내는 긴 단위들은 때로 단어의 의미적 구분이
잘 안겨오지 않는다.

예: 복방카프론산히드록시프로게스테론주사액(複方己酸孕酮注射液)

(19자)

청소년학생혁명전통교양영화관람활동 (17자)

단어의 문자 수는 대체로 1~3자이며 많아야 4~6자이다.

총적으로 '조선말규범집'에서의 띄어쓰기는 '단어'로 될 수 있는 것들을 최대한으로 붙여 씀으로써 한눈에 잘 안겨오며 이해력을 높이지만 일부 긴 단위들은 불필요한 '종합→분석→종합'의 세 단계를 거쳐야 하며 또는 글을 쓰는 사람은 '의미-문법적인 분석'을 하면서 띄어 써야 한다.

남의 '한글 맞춤법 (고시본)'의 띄어쓰기는 조항이 적고(1장 4절 10항) 규칙이 번쇄하지 않는 등의 우점을 가지고 있지만 다음과 같은 문제들도 있다.

1) 아직도 단어마다 띄어 쓰는 것이 많아 읽기에 불편하고 쓰기에 불편 한감을 느낀다.

2) 규칙의 전일성과 세부 규칙의 통일성이 부족함을 느낀다.

총칙에서 '문장의 각 단어는 띄어 씀을 원칙으로 한다.'고 하였지만 제46항에서 '단음절로 된 단어가 연이어 나타날 적에는 붙여 쓸 수 있다.'고 규정하였고 제47항에서는 '보조 용언은 띄어 씀을 원칙으로 하되 경우에 따라 붙여 씀도 허용한다.'고 규정하였으며 제50항에서는 '전문 용어는 단어별로 띄어 씀을 원칙으로 하되 붙여 쓸 수 있다.'고 하였다.

이를테면 불완전 명사(의존 명사, 단위 명사)나 보조 용언들은 다 같이 보조적 단어들에 속하는데 여기에서 불완전 명사(의존 명사, 단위 명사)는 띄어 쓰고 보조 용언들은 띄어 쓰는 것을 원칙으로 하면서 경우에 따라 붙여 쓰는 것을 허용한 것 등이다.

3) 띄어쓰기에서 허용 범위를 둠으로써 사회적 언어 규범으로서의 통일성을 확보할 수 없게 한다.

총적으로 남의 '한글 맞춤법 (고시본)'의 띄어쓰기는 조항이 적고 규칙이 번쇄하지 않는 등의 우점이 있지만 이 띄어쓰기의 규정에 의하여 복잡 다단한 조선말 띄어쓰기를 옳게 이끌어 나가기 어려운 감을 준다.

최근에 출판된 한국의 일부 신문들을 본다면 띄어쓰기 규정은 전혀 적용되지 않고 아무렇게나 마구 붙여 쓰는가 하면 '고국소식'과 같은 잡지들을 본다면 현행 한국의 띄어쓰기 규정보다 더 붙여 쓰는 방향으로 나아가고 있음을 볼 수 있다.

5. 결 론

1) 띄어쓰기란 워낙 글을 빨리 읽고 쉽게 이해하도록 하기 위한 서사 수단인 것만큼 규정은 누구나 쉽게 익혀 쓰기에 편리하도록 해야 한다고 본다. 그러되 반드시 과학성과 대중성을 기해야 한다고 본다.

2) 조선어의 구조적 특성, 글의 형태, 기능상의 특성으로부터 보아 불완전 명사(의존 명사, 단위 명사), 보조적 용언들은 앞의 단위에 붙여 써야 한다고 본다.

3) 글을 빨리 읽고 빨리 이해하도록 하기 위하여 한 개념을 나타내는 전문 용어, 명사적인 단어 결합들은 붙여 써야 한다고 본다.

4) 이론 실천적으로 합성어와 단어 결합의 한계, 불완전 명사(의존 명사, 단위 명사)의 한계, 보조 용언의 한계, 접두사와 관형사의 한계 등을 똑똑히 해야 한다고 본다.

5) 사회적 언어 규범의 통일성을 기하기 위하여 띄어쓰기에서 '특수 경우'를 많이 두지 말며 '허용 범위'는 될수록 두지 말아야 한다고 본다.

6) 민족어의 차이점을 줄이고 동질성을 증가하기 위하여 민간적 차원

에서 또는 국가적 차원에서 학계와 문화계의 교류를 광범위하게 벌려야 한다고 본다. 그리하여 오늘날 정보화시대에 있어서 조선어/한국어 문화권내에서의 서사법 규범을 조속히 통일하도록 해야 한다고 본다.

※ 이 글에서는 중국에서 쓰고 있는 현행 조선말띄어쓰기가 조선의 띄어쓰기와 기본적으로 같으므로 따로 비교·고찰하지 않았다.

참고 문헌

① 朝鮮語文硏究會, '朝鮮語新綴字法'. (1948)

② 조선민주주의인민공화국 과학원 조선어 및 조선문학 연구소, '조선어철자법'. (1954)

③ 조선민주주의인민공화국 내각직속 국어사정위원회, '조선말규범집', 조선 사회과학출판사. (1966)

④ 조선민주주의인민공화국 국어사정위원회, '조선말규범집', 조선 사회과학출판사. (1966)

⑤ 동북3성 조선어문사업협의소조판공실, '조선말규범집', 연변인민출판사. (1985)

⑥ 김영황, '조선민족어발전역사연구', 조선 과학, 백과사전출판사. (1978)

⑦ 권종성, '문자개요', 조선 과학, 백과사전출판사. (1987)

⑧ 李殷正, '한글 맞춤법·표준어 해설', 大提閣. (1988)

Ⅷ. 현대 조선어의 준말에 대하여

1. 서 론

　오늘날 국내외적으로 볼 때 현대 조선어의 준말에 대한 연구가 기본적으로 없다시피 되고 있다. 준말의 연구는 정보 전달의 언어적 기능을 높이는 데 있어서 뿐만 아니라 언어 교수, 사전 편찬에 있어서도 커다란 실천적 의의를 부여하고 있다.

2. 준말의 본질적 특성

　오늘날 사회 언어 교제 기능상에서 현대 사회 발전의 빠른 절주에 발맞추어 사람들은 간결하고도 명료하며 신속한 언어적 표현으로 짧은 시간 내에 많은 정보량을 전달하기 위하여 준말을 많이 쓰고 있다. 이것은 사회 발전의 수요이며 언어 교제에서의 필수적 수요이다.

　그러므로 우리들은 합성법에 의하여 이루어진 확대된 의미부를 소재로 하여 그 어음 외피를 줄이는 방법으로 새로운 단어들을 많이 만들어 씀으로써 사회적 언어 교제 기능을 가일층 높여야 한다.

3. 준말의 구조적 특성

1) 조선어의 준말은 단어나 단어 결합에서 그 구성 요소들 가운데에 있는 일부의 말소리, 음절, 형태부, 단어, 단어 결합이 줄어서 이루어진다.

예: 거부기→거북, 사이→새, 일찌기→일찍, 둥실둥실→두둥실, 공업, 농업→공농업

2) 조선어의 준말은 특히 나라 이름, 사회 단체, 기관, 기업소의 이름, 회의 이름, 기념일 등에서 잘 이루어진다.

예: 중화인민공화국→중국, 재일본조선인총연합회→조총련, 5월 1일 명절→5.1절

3) 조선어의 준말은 고유어보다 한자어로 된 합성어나 단어 결합에서 더 잘 이루어진다.

4) 일부의 준말은 언어 의식에서 오는 제약성으로 하여 이루어지지 못한다.

예: 사회과학원→사과원, 부녀대표대회→부대, 중국인민대학→인대

4. 준말의 구조적 유형

준말의 구조적 유형은 대체적으로 다음과 같이 네 가지로 나눌 수 있다.

1) 축합적 유형

예: 인민대표대회→인대,　　　덕육, 지육, 체육→덕지체

2) 생략적 유형

예: 마음→맘, 나이값→나값, 농업발전요강→(요강)

3) 통합적 유형

예: 조선민주주의인민공화국→조선　　프랑스공화국→프랑스

5. 준말의 규범성 문제

언어 생활의 통일성을 보장하고 언어의 기능과 역할을 높이기 위해서는 다음과 같은 현상은 극복해야 한다.

1) 준말은 우리의 언어 의식을 떠나서 억지로 만들어 쓰지 말아야 한다.

예: 소학교 졸업→소졸　　대학 졸업→대졸

2) 준말의 형태는 고정되어야 한다

예: 연변대학→연대, 연변대

3) 동음이의어적인 준말은 될수록 피해야 한다.

Ⅸ. 동사와 형용사의 구별적 표식

동사와 형용사는 어휘 문법적 면에서 서로 비슷한 점을 가지고 있어 언어 실천에서 그것들을 가려내기 어려운 경우가 적지 않다. 우선 문법적 측면에서 보면 동사와 형용사는 모두 용언토가 직접 붙을 수 있으며 바꿈토를 거쳐 체언토를 가질 수 있다. 또한 문장 가운데서 부사의 수식을 받을 수 있는 것이다. 어휘적 측면에서 보면 동사 가운데의 어떤 단어들은 상태와 관련되어 있다. 이런 단어들은 그것이 동사인지 형용사인지 알쏭달쏭할 때가 있다.

그러나 동사와 형용사는 서로 다른 부류의 품사인 것만큼 우리들이 그것들 사이의 차이점을 밝혀 내고 그 차이점을 종합적으로 분석한다면 동사와 형용사를 구별해 낼 수 있는것이다.

그럼 아래에 동사와 형용사의 구별적 표식을 밝혀 보기로 하자.

첫째, 동사와 형용사의 차이는 무엇보다도 그들이 담고 있는 어휘적인 뜻에서 나타난다.

동사는 대상의 움직임을 나타내는 단어로서 '어찌하느냐?'의 물음에 대답하는 것이라면 형용사는 대상의 성질, 상태를 나타내는 단어로서 '어떠하냐?'의 물음에 대답하는 것이다.

여기서 동사의 움직임이란 행동뿐만 아니라 발생, 변화, 존재까지도 다 염두에 두는 움직임을 말한다.

이를테면 '좋다'와 '좋아지다', '두렵다'와 '두려워하다'에서 '좋다, 두렵다'가 움직임을 나타내지 않고 정적인 상태를 나타내기 때문에 형용사에 속한다면 '좋아지다, 두려워하다'는 상태성과 관련되어 있지만 움직임의 뜻을 가지고 있으므로 동사에 속하게 된다.

따라서 어간이 똑같은 단어일 경우에도 그것이 움직임을 나타내면 동사이고 순수한 상태만을 나타내면 형용사이다.

○ 밝다
  달이 참 밝다 (상태-형용사)
  날이 훤히 밝는다 (밝아온다), (움직임-동사)
○ 어둡다
  방안이 어둡다 (상태-형용사)
  날이 어둡는다 (어두워진다) (움직임-동사)
○ 크다
  순희는 영희보다 크다 (상태-형용사)
  순희는 요사이 부쩍 큰다. (커진다) (움직임-동사)

둘째, 동사와 형용사는 형태론적 특성에서도 구별된다.

1) 종결형에서 동사는 현재 시간을 나타낼 때 종결토 '-ㄴ다(-는다), -는구나, -는군, -는구려, -는걸, -느냐'를 가지지만 형용사는 현재 시간을 나타낼 때 종결토 '-다, -구나, -군, -구려, -ㄴ걸(-은걸), -냐(-으냐)'를 가진다.

○ 동 사: 간다, 가는구나, 가는군, 가는구려, 가는걸, 가느냐.
○ 형용사: 푸르다, 푸르구나, 푸르군, 푸르구려, 푸른걸, 푸르냐.

2) 접속형에서 동사는 현재 시간을 나타낼 때 접속토 '-는데, -는바'를 가지지만 형용사는 현재 시간을 나타낼 때 접속토 '-ㄴ데(-은데), -s바(-은바)'를 가진다.

○ 동 사: 가는데, 읽는데, 가는바, 읽는바
○ 형용사: 푸른데, 고운데, 푸른바, 고운바

3) 규정형에서 동사는 현재 시간을 나타낼 때 규정토 '-는'을 가지지만 형용사는 현재 시간을 나타낼 때 규정토 '-ㄴ(-은)'을 가진다. 동사가 규정토 '-ㄴ (은)'을 가지면 과거 시칭을 나타낸다.

○ 동 사:
가는 사람, 읽는 책 (현재)
간 사람, 읽은 책 (과거)
○ 형용사: 푸른 하늘, 맑은 물

4) 동사에는 목적, 의도를 나타내는 접속토 '-러', '-려 (-려고)', '-고저'와 같은 토가 붙지만 형용사에는 이런 토가 붙지 못한다.

동 사: 영화를 보려(고) 한다. (○)
극을 보고저 한다. (○)
운동하러 간다. (○)
형용사: 노래 소리가 우렁차려(고) 한다. (×)
꽃이 곱고저 한다. (×)
물이 맑으려 한다. (×)

5) 종결형에서 동사는 명령식토와 권유식토를 가지지만 형용사는 일반적으로 가지지 못한다.

○ 동 사: 읽으십시오, 읽어라, 읽게, 가거라. (○)
읽읍시다, 읽자, 읽자꾸나. (○)

○ 형용사: 위대하십시오, 아름답게 (×)

　　　　위대하시다, 아름답자, 아름답자꾸나. (×)

그러나 의지나 성격을 나타내는 일부 형용사들에는 명령식과 권유식의 토가 붙는다.

　　　　명령식토:　　　　　　　　권유식토:

　　　　부지런하여라　　　　　　부지런하자

　　　　겸손하여라　　　　　　　겸손하자

　　　　대담하여라　　　　　　　대담하자

　　　　침착하여라　　　　　　　침착하자

　　　　용감하여라　　　　　　　용감하자

보다시피 이런 특수한 형용사가 동사와 구별되는 표식은 현재 시간을 나타내는 종결토 '-ㄴ(-는다)'의 형태를 취하지 못하는 데 있다.

○ 부지런한다. 겸손한다. (×)

문예 작품이거나 입말에서 형용사에 '-아(-어, -여), 라'가 쓰이는 경우가 있는데 이것은 명령식이 아니라 감탄의 뜻을 나타낸 것이다.

○ 아, 장백산은 아름다워라!

셋째, 동사와 형용사는 어떤 부류의 단어들과 결합될 수 있는가 하는 데서도 구별된다.

동사는 접속토 '-고'가 붙은 다음에 '있다, 싶다, 말다'와 같은 보조적 단어들과 결합되어 쓰이지만 형용사는 이런 보조적 단어들과 결합되지 못한다.

동 사: 가고 있다, 가고 싶다, 가고 말았다.(○)

　　　　읽고 있다, 읽고 싶다, 읽고 말았다. (○)

형용사: 즐겁고 있다, 즐겁고 싶다, 즐겁고 말았다. (×)

　　　　웅장하고 있다, 웅장하고 싶다, 웅장하고 말았다. (×)

그리고 동사와 형용사는 부사와 결합하는 데서도 차이를 가진다.

동사는 '곧, 잘, 차차, 빨리, 이미'와 같은 행동 부사들과 자유롭게 결합되어 쓰이지만 형용사는 '가장, 대단히, 매우, 상당히, 좀, 훨씬, 꽤, 아주' 등과 같은 상태 부사들과 자유롭게 결합되어 쓰인다.

차차 가겠다. (동사-가능함)

차차 곱겠다. (형용사-불가능함)

빨리 닫는다. (동사-가능함)

빨리 높다. (동사-불가능함)

가장 위대하다. (형용사-가능함)

가장 공부한다. (동사-불가능함)

훨씬 좋다. (형용사-가능함)

훨씬 날아간다. (동사-불가능함)

넷째, 동사와 형용사는 단어 조성에서도 차이를 가진다. 즉 동사와 형용사에서 적잖은 접두사와 접미사가 각각 구별되어 쓰인다.

이를테면 '덧-, 들-, 데-, 되-, 뒤-빗-짓-, 치-, 헛-, 휘-, 엇-'과 같은 접두사는 동사에만 붙고 '싯-, 시-, 샛-, 얄-'과 같은 접두사는 형용사에만 붙는다.

○ 동 사: 덧붙다, 들부시다, 데삶다, 되씹다, 뒤덮다, 빗나가다, 짓

　　　　　누르다, 치밀다, 헛보다, 휘감다, 엇바꾸다…

○ 형용사: 싯거멓다, 시커멓다, 샛노랗다, 새빨갛다, 얄궂다…

그리고 동사에는 '-거리, -대, -치, -뜨리, -이'와 같은 접미사가 붙고 형용사에는 '-다랗, -답, -롭, -스럽, -적(-쩍), -압(-업), -앟(-얗, -엏, -옇'과 같은 접미사가 붙는다.

○ 동 사: 기웃거리다, 웃어대다, 놓치다, 넘어뜨리다, 반작이다…
○ 형용사: 가느다랗다, 꽃답다, 영예롭다, 능청스럽다, 미끄럽다, 객
         적다, 계면쩍다, 노랗다, 뿌옇다…

이상에서 동사와 형용사의 구별적 표식들을 살펴보았다 우리들이 어느 한 단어가 동사인지 형용사인지 아리송할 경우에 이상의 표식들을 종합적으로 고려하여 분석한다면 능히 구별해 낼 수 있을 것이다.

X. 연변의 이중 언어제에 관한 몇 가지 고찰

1. 서 론

지금 국제적으로 이중 언어에 대한 연구가 활발하게 진행되고 있다. 최근 연간 우리나라에서도 이중 언어 현상에 대한 연구가 진행되면서 우리 조선 민족들의 이중 언어 현상에 대한 연구에 중시를 돌리기 시작하였다.

이중 언어 현상에 대한 연구는 단순한 언어학적 연구 문제인 것이 아니라 역사학, 사회학, 민족학, 교육학, 심리학 등 제 분야에 걸쳐 광범위하게 연구되어야 할 문제이다. 이를테면 이중 언어제의 사회, 정치, 경제 및 역사적 배경, 부동한 시대, 각이한 사회 제도 하에서 이중 언어가 형성되는 조건, 사회주의 제도 하에서의 이중 언어와 당의 어문 정책과의 관계, 이중 언어에서의 민족 어문과 한어 교수와의 관계, 이중 언어 현상에서 나타나는 심리적 기제 등등의 문제에 대하여 참답게 연구하여야 한다.

이중 언어 현상은 다민족 국가와 언어 접촉이 빈번한 지구에서는 거의 있게 되는 현상이다. 소수 민족은 사회의 광범위한 교제를 위하여 그 나라 주체 민족의 언어를 배우지 않으면 안 되고 그와 반면에 자기 민족어를 고수하고 발전시키지 않으면 의식적이든 무의식적이든 자기 민족어를 상실하고 우세한 민족에게 동화되고 만다.

필자는 이 글을 통하여 연변에서의 이중 언어제의 성격 및 이중 언어 현상에서 제기되는 몇 가지 문제를 고찰함으로써 해방 후 40여 년 동안 실시되어 온 이중 언어제에서 나타난 몇 가지 편향들과 그것을 시정할 방도 그 전망을 밝혀 보려는 데 있다.

2. 연변에서의 이중 언어제의 성격에 대하여

연변조선족자치주는 우리나라 조선족의 주요한 집거구이다.

연변조선족자치주는 조선족, 한족, 만족, 회족, 몽골족 등 16개 형제 민족이 살고 있다. 1982년에 진행된 전국 인구 보편 조사에 의하면 전 주의 인구 총수는 187만 1천 512명인데 그 가운데서 조선족의 인구는 75만 4,567명으로서 전 주 총인구의 40.32%를 차지하고 한족은 107만 4천 240명으로서 전 주 총인구의 57.4%를 차지하고 있다. 만족은 3만 6천 71명으로서 전 주 총인구의 1.93%를 차지하고 회족은 5,890명으로서 전 주 총인구의 0.31%를 차지하고 있다. 주내에는 또 609명의 몽골족과 수효가 그리 많지 않은 쫭족, 시버족, 묘족, 이족, 바이족, 루쟈족, 위글족, 리족, 뚱족, 요족, 장족 등 소수 민족이 살고 있다.

우리 민족은 19세기 말부터 조선 반도에서 쪽박을 차고 두만강과 압록강을 건너온 '월경민족'으로서 일찍 한족들과 같이 땅을 개척하고 건설하였다. 그때로부터 우리 민족은 한족들과 이중 언어 현상이 산생되었다. 하지만 지난날 중국 봉건 통치자들이 통치하던 시기에 민족 평등과 언어 평등이란 운운할 수 없었을 뿐만 아니라 일제가 통치하던 암담한 시기에는 민족 언어 말살 정책을 강행함으로써 강제 동화의 변두리에까지 이르렀다.

중화인민공화국이 창건된 후 특히는 당의 민족 정책의 시책 하에서 1952년 9월 3일에 연변조선족자치구(후에 자치주로 고침)를 성립함으로써 우리 민족은 전반 국가 사무에 참가할 수 있는 평등한 권리를 가지게 되었으며 언어 평등권도 확보하게 되었다. 그러므로 연변에서의 이중 언어제의 성격은 이때로부터 평등한 병존 성격을 띠게 되었다.

하지만 1958년부터 1963년까지 있었던 제1차 '좌'적 편향, 특히는 1966년부터 1976년까지의 10년 동란 시기에 있었던 '4인무리'의 '좌'경 노선으로 하여 조선 어문 사업과 민족 교육이 여지없이 파괴됨으로써 이중 언어제의 성격은 점차 종속적 성격으로 전화되었다. 1979년 당중앙 제11기 제3차 전원회의 이후 사회의 혼란한 국면을 바로잡고 해당한 법적인 조문을 규정하면서부터 연변에서의 이중 언어제의 성격은 또다시 완전히 평등한 병존성격을 가지게 되었으며 민족어의 번영 발전기에 들어서게 되었다.

그러므로 연변에서의 이중 언어제의 성격은 스위스, 말타, 싱가포르에서와 같이 혼합적 성격을 띠거나 미국에서와 같이 종속적 성격을 띠지 않고 조선어와 한어가 완전히 평등한 병존 성격을 띠고 있다.

우리는 이상의 사실로부터 부동한 시대, 각이한 사회제도 하에서 이중 언어제의 성격은 같지 않은 성격을 띠게 된다는 것을 알 수 있다.

3. 연변의 이중 언어제에서 제기되는 문제

1) 연변에서의 조선어의 지위 문제

연변에서 조선어의 지위를 확립하느냐 하는 것은 우리나라 '헌법'과 '연변조선족자치주 자치법'을 에누리 없이 관철 집행하느냐에 관계되는 대사이며 우리 민족이 계속 융성 발전할 수 있느냐에 관계되는 대사이다.

1985년 연변조선족자치주 제8기 인민대표대회 제3차 회의에서는 '연변조선족자치주 자치조례'를 채택하여 연변에서의 조선어의 지위를 법률적으로 확립하였다. 즉 '자치주의 자치기관은 직무를 집행할 때 조선 언어 문자를 위주로 하며 조선어와 조선문, 한어와 한문을 통용한다.'

고 규정하였다.

조선어의 지위를 확보하고 그 역할을 더 잘 발휘하도록 하기 위하여 1988년에 '연변조선족자치주 조선어문 사업 조례'를 발표하였다.

그리하여 자치주에서의 정치, 경제, 교육, 과학, 문화, 보건 위생, 체육 등 제 분야에서 조선어의 사용 범위가 전에 비하여 매우 넓어졌다. 즉 자치주 지방 국가 기관의 문건, 포고 등 공문은 기본상 조선문과 한문을 동시에 내려 보내고 있으며 자치주 내의 사업 단위와 기업단위의 공인, 간판, 상장, 증명서, 표어, 공고, 광고 등은 기본적으로 조선문과 한문을 쓰고 있으며 노동자 모집, 학생 모집에서 응시자는 두 가지 언어 문자 가운데서 임의로 어느 한 가지를 선택할 수 있으며 인민 법원과 인민 검찰원에서 본 민족의 언어 문자로 소송할 수 있다. 그리고 출판보도부문에서는 자기 언어 문자로 출판 보도를 하고 있다. 우리 연변에는 신문사 3개소, 방송국 2개소, 텔레비전 방송국 2개소, 출판사 3개소, 잡지사 9개소가 있다. 그 외에 자치주어문사업위원회, 중국 조선어 규범위원회, 언어연구소 등이 있다. 이 모든 것들은 우리나라에서의 당의 민족 정책 하에서만 향유할 수 있는 것이다.

즉 일부 지구와 일부 부문에서는 조선어와 한어가 통용되지 못하고 한어가 으세를 점하고 있다. 이것은 이중 언어제에서 이중 언어 소유자는 주로 조선족이라는 것을 말하고 있다.

연변은 조선족자치주이므로 반드시 조선 언어 문자를 위주로 하면서 조선어와 한어를 통용해야 한다. 이것은 중화인민공화국 헌법과 연변 조선족자치주 자치법에서 규정된 법률로서 우리에게 부여한 신성한 권리이다. 우리는 반드시 이 신성한 권리를 행사해야 한다고 본다.

2) 이중 언어 교육 문제

이중 언어 교육이란 단일 언어 교육에 대칭되는 개념으로서 소수 민족 학생으로 하여금 자기 민족어와 당지의 통용어 이 두 개 언어를 장악하도록 하는 교육을 가리켜 말하는 것이다.

우리나라의 민족 교육 정책은 자기 민족어를 잘 배우는 기초에서 한어를 잘 학습해야 한다는 것이다.

해방 후 연변의 조선족 인민들은 당의 영도 밑에 대중적인 학교 운영의 대고조를 일으켜 민족 교육 사업을 발전시켰다.

1949년 건국 초기에 학교수와 재학생수는 벌써 일제와 괴뢰 만주국 통치 시기를 훨씬 능가하였다. 1952년 소학교 교육을 기본적으로 보급하였으며 1958년에는 초중 교육을 기본적으로 보급하였고 고중 교육도 상당히 발전되었으며 청장년중의 문맹을 기본적으로 퇴치하였다. 교육 사업의 발전 정황을 놓고 보면 1980년에는 1949년 비하여 학교수는 1.3배 늘어났고 학생수는 2.3배 늘어났으며 교직원수는 5.7배 늘어났다. 1980년에 각종 유형의 학교 교직원과 학생은 50만 6천 700여명으로서 전 주 총인구의 22.3%를 차지하였다. 유치원은 전 주의 어디에나 다 있다.

자치주에는 연변대학, 연변의학원, 연변농학원 등 대학교를 세워 유능한 고등 인재를 양성하고 있다.

그리하여 우리 민족은 유치원, 소학교로부터 대학에 이르는 민족 교육 체계를 건립하였다.

지금 조선족 중소학교들에서는 모두 조선어로 교수하고 있으며 소학교 2학년부터는 한어과를 설치하고 있다.

조선어와 한어의 시수 정황을 본다면 소학교에서 조선어 시수는 1,764 시간이고 한어 시수는 900 시간이며 초중에서 조선어 시수는 408 시간이고 한어 시수는 501 시간이며 고중에서 조선어 시수는 306 시간이고 한어 시순는 510 시간이다.(남북에서의 소학교의 한국어/조선어 시수를 본다면 남에서는 1,297 시간이고 북에서는 1,168 시간이다.)

위의 비교를 통하여 우리나라에서 소학교로부터 고중으로 올라가면서 조선어 시수는 적어지고 한어 시수가 많아지고 있다는 것을 볼 수 있으며 소학교 조선어의 시수는 외국보다 많다는 것을 볼 수 있다. 이

것은 우리나라에서 자기 모어를 중시하며 제2 언어도 동시에 중시를 돌리고 있다는 것을 입증하고 있다.

당면에 나서는 문제는 이중 언어 교육의 목표와 요구를 어떻게 과학적으로 제기하며 어떤 길을 통하여 이 목표와 요구에 도달하는가 하는 문제이다.

어떤 사람들은 한어를 모어처럼 유창하게 장악할 것을 요구하는가 하면 어떤 사람들은 말하는 능력을 제외하고 듣고 이해하는 능력만 장악할 것을 요구한다.

이 양자에서 전자는 바로 사람들이 많이 논의하는 '겸통설'인 것이다. 이중 언어 교육에서는 반드시 두 가지 언어를 겸통하는 이 목표에 도달해야 한다. 오늘날 개혁 개방 시대에 있어서 조, 한 두 언어를 겸통해야 만이 우리 민족이 정치, 경제, 문화상에서 계속 발전할 수 있으며 민족이 자립할 수 있다.

어떤 사람들은 한어를 학습하는 것을 강화한다면 민족어를 학습하는 데 영향을 준다고 하면서 '겸통설'을 반대하고 '주차론'을 주장하고 있다.

최근 심리학자와 교육 심리학자들에 의하여 10여 세 전까지의 어린이는 두 언어를 동시에 배워도 아무런 심리적인 부담이 없으며 다른 과목에 영향도 없고 사고력이나 지력 발전에 도움이 될 뿐 나쁜 영향이 없다는 것이 밝혀졌다.

문제는 조한 이 두 언어를 겸통하는 전략적 목표에 도달하기 위해서는 지난날에 하던 교수 방법과 교재들을 대대적으로 개혁하고 교원의 질을 높인다면 꼭 이 목표에 도달할 수 있다고 본다.

그리고 어떤 사람들은 세 가지 어문과 설치의 단계성 문제를 강조하면서 소학교 단계에서는 본 민족어를 중점으로 하며 초중 단계에서는 한어를 위주로 하면서 외국어 교수를 강화해야 한다고 주장하고 있다.

필자는 조선어문의 교수 목적과 요구로부터 보건대 조선어문을 어느 한 단계에서 집중적으로 해결할 수 없다고 인정한다. 그것은 지식의

난이 정도와 학생들의 접수 능력에 의하여 그렇게 할 수 없기 때문이다. 우리는 반드시 학생들의 인식 법칙에 맞게 옅은 데로부터 깊은 데로, 가까운 데로부터 먼데로, 순서 점진의 원칙에 따라 하면서 한어에서는 구두 표현 능력에 모를 박고 교수한다면 소기의 목적에 도달할 수 있을 것이다.

3) 자치 기관의 민족화 문제

자치 기관의 민족화는 민족 구역 자치의 표현 형식과 표징으로 되며 조한 이중 언어 현상에서 조선어를 위주로 할 수 있는 물질적 담보로 된다.

연변조선족자치주에서는 창립 이후 각급 정부 직능 부문의 주요한 지도 직무를 덕재가 겸비한 조선족 간부들이 맡음으로써 간부의 민족화를 기본적으로 실현하였다.

1952년에 연변의 조선족 인구는 총인구의 62%를 차지하였으나 조선족 간부는 6,090명에 달하여 전 주 간부 총수의 78%를 차지하였으며 1955년에는 조선족 간부가 1만 여명으로 늘어나 전 주 간부 총수의 77%를 차지하였다. 같은 해에 조선족 간부는 주위 기관에서는 76%를 차지하였고 전 주 정법, 농업, 재정 경제, 수리 계통에서는 75~76%를 차지하였으며 문화 교육 계통에서는 87%를 차지하였다. 자치주정부의 과급 이상 지도 간부들 가운데 조선족이 73%를 차지하였다.

1962년도에 조선족 인구는 전 주 인구의 50.04%를 차지하였지만 조선족 간부는 전 주 간부 총수의 64%를 차지하였다. 현위 서기, 현장 이상 지도 간부들 가운데서 조선족 간부는 57.4%를 차지하였다.

하지만 1957년부터 1962년 3월에 이르는 기간에 전국적으로 전개된 '반우파 투쟁'과 연변지구에서 벌린 '민족 정풍 운동'에서 조선족 간부들이 제기한 일부 정확한 의견과 자기 민족의 정당한 이익을 수호하기 위한 언론을 우파의 언론 또는 지방 민족주의 분자의 언론으로 치부하

128

여 타격함으로써 일부 우수한 민족 간부들이 나떨어졌으며 많은 민족 간부들의 적극성을 손상시켰다.

특히는 10년 동란 때 당의 민족 정책이 여지없이 파괴당함으로써 많은 조선족 간부들이 배척과 타격을 받아 민족 간부의 비례가 대대적으로 하강도었다.

이 시기에는 조선어의 지위와 사용 가치가 일락천장되어 그 어디를 가나 한어를 해야 했다. 그러므로 이 시기는 이중 언어제가 파괴당하여 단일한 언어제로 나아가는 시기, 즉 강제동화로 전화되는 어려운 시기였다고 말할 수 있다.

‘4인무리’가 분쇄된 후 특히는 당중앙 제11기 제3차 전원회의 이후 혼란된 것을 바로잡고 억울한 사건 등을 시정함으로써 간부의 민족화가 다시 생기를 띠었다. 그리하여 1980년에 전 주의 조선족 간부 총수는 2만 6천여 명에 달하여 간부 총수의 60%를 차지하였으며 8개 현, 시의 정, 부 현(시)장 5명 가운데서 조선족이 50%를 차지하고 한족이 46%를 차지하고 기타 소수 민족이 4%를 차지하였다.

하지만 오늘날 우리는 간부의 민족화에서 다음과 같은 문제를 간과할 수 없다.

즉 자치주에서의 간부의 구성을 놓고 보면 문화, 교육, 위생 등 몇 개 부문에서 조선족의 비례가 높고 그 역할도 크지만 경제 영역과 과학 기술 면에서는 비례가 적고 그 역할이 크지 못하다. 예하면 연변에서의 수십 개 중점 기업소의 공장장들 가운데서 태반은 한족이다. 지어는 조선문 도서를 찍는 연변신화인쇄공장을 보더라도 조선족이 60% 이상을 차지하고 있지만 공장장은 한족이다.

민족 문제에서의 정치상의 평등은 사실상의 불평등을 말한다. 연변에서 진정 조선 민족이 자치 민족으로 되려면 정치상에서 뿐만 아니라 경제상에서, 과학 기술 면에서 민족적 우세를 보여야 한다.

이렇게 하자면 조선 민족 가운데서 정치형 인재뿐 만아니라 경제형

인재를 대대적으로 배양해야 할 필요성을 절박이 느끼게 된다.

오직 이렇게 해야만 연변에서 우리 민족의 주체를 확립할 수 있으며 이중 언어제를 보다 높은 단계에로 발전시킬 수 있다.

4) 조한 이중 언어제의 전망 문제

언어는 한 민족을 다른 민족과 구별시켜주는 가장 뚜렷한 징표의 하나이다.

매개 인민들은 민족어라는 공통적인 징표를 가지고 있는 것으로 하여 민족적 유대, 민족의 단일성을 유지하고 민족 공동의 번영을 위해 서로 의사를 나누고 힘을 합친다.

따라서 민족어에는 민족의 기질과 지향, 감정과 정서, 민족의 슬기와 풍습, 전통과 역사를 비롯한 민족적인 것이 반영된다.

'민족어가 사멸되면 민족도 사멸된다.'

연변의 일부 사람들은 '문턱만 넘어서면 한국과 접촉하고 하발령만 넘으면 맨 한족인데 중국에서 살려면 조선말이 필요 없다.'고 한다.

다른 한 가지는 언어는 종국적으로 융합되므로 조선말을 사용하는 것은 '방향이 어긋나고', '굽은 길을 걷는 것'이라고 말하고 있다.

이 논조의 실질은 무엇인가? 즉 자기 민족어를 버리고 만족이나 회족처럼 자기 언어를 쓰지 않고 한어를 써야 한다는 것이다. (만족과 회족은 소수 민족이라는 명칭은 띠고 있지만 자기 언어가 없이 한어를 전용하고 있는 민족이다.)

민족은 역사적 범주로서 쇠락과 조락의 길을 걷게 된다. 민족의 주요한 표징인 언어도 역시 이와 동반한다. 그러나 이것은 머나먼 장래의 일이다.

오늘날 그 누구나 언어 실용주의 각도에서 출발하여 자기 민족어를 포기하려고 한다면 그는 역사의 징벌을 면치 못할 것이다.

우리는 역사를 참답게 회고해 볼 필요성이 있다고 본다.

청조 말엽 이후의 조선족 이주민들은 어찌하여 오늘까지 본 민족을 보존하여 왔으며 나아가서는 민족 구역 자치를 실시할 수 있게 되었는가?

이 문제를 해결하려면 역사적, 사회적, 민족적인 제 특성에 의하여 구체적으로 분석해 보아야 한다고 본다.

첫째, 우리 조선 민족은 본토의 토착민이 아니라 '월경 민족'으로서 군체 의식이 강하고 배타성이 강하기 때문에 자기 전통 문화를 고수하고 발전시킬 수 있었다.

둘째, 우리 조선 민족은 민족성이 강하고 투쟁성이 강하므로 어떤 민족의 압박과 굴욕에도 항거하여 나서는 강의한 기질을 가지고 있다. 일제가 우리말과 글을 빼앗고 성까지 개변시키려 했지만 종당에는 실패를 고하고 말았다.

이것은 역사적으로 형성된, 중국에서 살고 있는 조선 민족의 민족적 기질인 것이다.

그뿐만 아니라 다음과 같은 제 원인으로 하여 우리 민족어는 동화될 수 없는 것이다.

첫째, 오늘날 민족어의 사멸과 공통어에로의 융화의 문제는 국가 내부의 문제가 아니며 국제적인 문제이다.

둘째, 사회주의 시기는 민족어가 조락되는 시기가 아니라 더욱더 번영 발전하는 시기다. 하물며 사회주의 초급 단계에 있어서는 자기 민족어를 더욱 개화 발전시켜야 한다.

셋째, 이중 언어제의 실시에 있어서 헌법 및 자치법 등의 법적인 담보가 있다.

넷째, 유치원·소학교로부터 대학에 이르는 민족 교육 체계가 확립되어 민족어를 계승하고 발전시킬 수 있는 공고한 진지가 마련되어 있다.

다섯째, 자기 민족어를 사용하는 방송국·신문사·텔레비전방송국·출판사·잡지사 등이 있어 자기 민족 문화를 계속 개화 발전시킬 수 있다.

여섯째, 역사·사회·지리적 조건으로 하여 오늘날 남북과의 민족적 유대가 더욱더 강화되고 있으므로 민족 문화와 전통을 더욱더 계승하고 발전시킬 수 있다.

이상의 제 원인은 우리 민족어가 날로 쇠약해지고 조락되는 것이 아니라 날로 더 개화 발전하며 이중 언어제의 발전에서 튼튼한 기초가 마련되어 있다는 것을 볼 수 있다.

하지만 연변에서도 돈화와 같은 지구(449,030명 가운데서 조선족이 23,688명으로서 5.28%를 차지함)에서는 조선어의 사용 범위가 매우 좁기 때문에 민족적인 변화를 일으켜 조선어가 점차 약화되거나 소실될 수 있다. 이것은 부분적인 지구에서 언어 동화가 있을 수 있다는 것을 말한다. 그러나 강력한 조치를 댄다면 국부적인 지구의 동화도 방지할 수 있는 것이다.

모두어 말하면 연변에서의 조한 이중 언어제의 발전은 앞으로 계속 건전하게 발전할 수 있다는 것을 입증하고 있다.

4. 맺는 말

이상의 고찰을 통하여 우리는 다음과 같은 결론을 얻을 수 있다.

1) 이중 언어제가 잘 실시될 수 있는가 하는 것은 나라의 정치 형세 및 정책과 직접적인 관련을 갖는다.

2) 한 민족의 경제 및 문화 발전은 이중 언어제의 성격에 직접 영향을 줄 수 있다.

3) 학교의 이중 언어 교육에 있어서의 성공 여부는 이중 언어 교육의 목적과 요구, 교원의 자질, 교재 편찬 등과 밀접한 관련을 가지고 있다.

4) 자치 기관의 민족화는 민족 구역 자치의 표현 형식과 표징으로 되며 조선어를 위주로 하며 이중 언어제를 건전히 발전시킬 수 있는

물질적 담보로 된다.

5) 연변에서의 조선어의 동화는 요원한 장래의 일이다. 그러므로 자기 민족어를 잘 학습하는 기초에서 한어도 잘 학습함으로써 민족의 자질을 높이며 민족의 융성 발전을 도모해야 한다.

XI. 중국에서의 조선족 출판문화 구축과 조선어 사용 실태

1

　조선 민족은 유구한 역사와 빛나는 문화 전통을 가진 민족으로서 우리 민족의 공통어인 조선어를 사용하고 있다.

　조선어는 조선 민족의 형성과 함께 산생하였고 조선 민족의 발전과 함께 발전해 온 귀중한 민족적 재부이며 조선 민족을 특징짓는 가장 중요한 표징의 하나이다.

　19세기 중엽 이후 조선 반도로부터 살길을 찾아 압록강, 두만강을 건너와 동북 지구에 뿌리 내린 우리 조선족은 청나라로부터 중화민국, 일제와 괴뢰 만주국의 통치하에 이르기까지 이중, 삼중의 압박과 착취를 받으며 고난의 길을 걸어오면서 자기 민족 언어를 사용하고 발전시킬 수 있는 자유와 권리를 박탈당했을 뿐만 아니라 일본 제국주의 파쇼적인 조선어 말살 정책으로 하여 우리 조선어는 풍전등화의 멸망의 변두리에까지 이르렀다.

　해방 후 중국공산당과 정부의 민족 정책과 민족 어문 정책의 빛발 아래 우리는 자기 말과 글을 되찾았을 뿐만 아니라 우리말과 글을 자유롭게 사용하고 연구하고 발전시킬 수 있는 광활한 무대를 펼쳐놓았다. 즉 유치원으로부터 소학교·중학교·대학에 이르는 민족 교육 체계를 이루었고 신문·방송의 언론 매체와 출판에 이르기까지 그리고 언어 연구 기관과 문학 예술 부문에 이르기까지 자기의 민족 문화 체계를 이루고 있다.

이러한 민족 교육 체계와 민족 문화 체계는 자기 민족어를 사용하고 계승하고 연구하고 발전시킬 수 있는 유력한 담보로 된다.

필자는 이 글에서 중국 특색을 갖춘 조선족 출판문화의 구축과 몇 세대의 출판 일꾼들이 이룩한 빛나는 성과 및 조선문 출판물에서의 조선어 사용 실태를 재조명함으로써 오늘날 조선족 출판물의 현주소를 밝히고 21세기 지식 정보화 시대, 글로벌화 시대에 있어서 중국 조선족 출판문화의 새로운 도약과 함께 세계에로의 진출을 모색해 보려 한다.

2

13억 인구를 가진 중국에는 한족을 비롯한 56개 민족이 단란하게 살고 있는바 그 중에서 우리 조선족은 가장 우수한 민족으로 부상하고 있다. 그 주요한 원인은 민족 교육과 더불어 조선 민족 출판 사업을 틀어쥐었기 때문이라고 하겠다. 출판문화의 상징인 출판물은 민족생활에서 피어난 한 떨기 문명의 꽃이며 민족의 슬기와 문화 수준을 보여주는 얼굴이며 민족의 얼과 전통의 맥을 이어가게 하는 법보로 된다.

지금 우리나라에서는 소수 민족 출판사가 36 개소가 있는데 그중에서 조선문 출판사가 6개소가 있다.

그럼 조선문 출판사의 상황을 보기로 하자.

1) 연변교육출판사(1988년 5월 5일 동북조선민족교육출판사로 이름을 고쳤다가 1999년 11월 1일에 다시 지금의 이름으로 고쳤음.)

연변교육출판사는 공화국 창건 이전인 1947년 3월 24일에 연길시에서 창립되었다. 이 출판사는 우리나라에서 가장 일찍 창립된 출판사이다. 1988년 5월 5일 동북조선민족교육출판사로 이름을 고쳤다가 1999년 11월 1일에 다시 지금의 이름으로 고쳤다.

이 출판사는 전국 중소학교, 중등 사범학교, 유치원의 교재, 과외 도서, 도구서 및 문화 교육 도서를 편찬하고 번역하여 출판하는 중국에서 유일한 조선문 전문 교육 출판사이다.

이 출판사는 같지 않은 역사 시기에 문맹을 퇴치하고 소학교 교육을 보급시키며 중학교 교육을 발전시키는 데서 커다란 기여를 하였을 뿐만 아니라 우리 민족의 언어 문자와 문화 유산을 발전시키는 데서도 커다란 기여를 하였다. 이 출판사는 1987년부터 1995년까지만 하여도 전국적인 우수 도서 평서에서 16종의 상['중국조선족교육사'(책임 편집 한련분) 1995년, '국가도서상'의 추천상(提名奬), '조선어성구사전'(책임 편집 박서암) 1992년, '전국 우수 교육 도서상을 수여']을 받았으며 동북3성 조선문판 우수도서 평의에서 120종의 상을 받았고 길림성 우수 도서 평의에서 69종의 상을 받았다.

2) 연변인민출판사

연변인민출판사는 1951년 8월 19일 연길시에서 창립되었다. 연변인민출판사는 연변에 입각점을 두고 전국의 광범위한 조선족 대중에게 마르크스-레닌주의와 모택동사상, 등소평의 이론을 선전하고 과학 문화 지식을 보급하며 광범위한 인민 대중의 문화생활을 풍부히 하고 다채롭게 하는 문화적 식량을 제공하는 것을 기본 임무로 하고 있다.

연변인민출판사는 창립되어 반세기 동안 사회주의를 위해 복무하고 인민을 위해 복무하며 두 가지 문명 건설을 위함에 있어서 마멸할 수 없는 기여를 하였다.

연변인민출판사는 종합성, 지방성, 민족성을 일체화한 조선 민족 특색을 갖춘 출판사이다. 본 출판사는 매년 200여종의 조선문 도서와 100여종의 한문 도서를 출판하는바 50여 년래 출판한 각종 도서는

8,000여종에 이른다. 그리고 선후로 '소년아동', '중학생', '청녕생활', '노년세계', '법률과 생활' 잡지와 '아리랑' 같은 총서를 출판하고 있다.

본 출판사는 1991년부터 2000년까지 각급 우수 도서 평의에서 300여 종의 상을 받았다. 그중에서 조선말사전(1권-3권, 책임 편집 문창덕)이 1994년에 제2회 중국민족도서상 1등상을, 1995년에 중국 출판계에서 최고상인 제2회 국가도서상을 받았으며 2000년에 '중국 연변조선역사화첩' (책임 편집 리말옥)이 '제2회 국가도서상 추천상'(提名獎)을 받았으며 2001년에 '20세기 중국 조선족문학선집'(1권-4권, 책임 편집 허봉남 등)이 '제5회 국가도서상 추천상'(提名獎)을 받았다.

본 출판사는 새 중국이 창건된 뒤 조선족 작가의 첫 장편소설인 '해란강아 말하라'(김학철 1954년)를 비롯하여 '범바위'(이근전, 1962년), '청산의 매'(김경모, 1979년), '어둠을 뚫고'(윤일산, 1981년), '봄물'(류원무, 1987년), '설야'(리원길, 1989년), 그리고 번역 작품으로는 고전작품 '삼국연의'(라관중, 1962년), '수호전'(시내암, 1976), '홍루몽'(조설근, 1978년), '서유기'(오승은, 1983년), '유림외사'(오경재, 1987년), '요재지이'(포송령, 1989년)가 있으며 중국 현대 문학 명작으로 로신의 '아Q정전'(1953년), '축복'(1955년), '납함'(1973년), '모순 단편소설 선집'(1957년), 파금의 '집'(1980년)이 있으며 중국 당대의 우수한 문학작품으로 '태양은 상건하를 비춘다.'(정령, 1953년), '삼천리 강산'(양삭, 1955년), '청춘의 노래'(양말, 1978년), '폭풍취우'(주립파, 1979년) 등을 출판하였다.

외국 문학 작품으로는 '마야콥스키시초'(1951년), '레브 톨스토이 단편집'(1954년), '개간된 처녀지'(숄로호브, 1954년), '강철은 어떻게 단련되었는가?'(오스트롭스키, 1954년), '괴멸'(파제예브, 1955년), '전쟁과 평화'(레브 톨스토이, 1955년), '고요한 돈'(숄로호브, 1957년), '어머니'(고리키, 1976년), '몽테크리스토백작'(듀마, 1982년) 등이 있다. 이밖에 조선의 장편소설 '두만강'(이기영, 1955년), '고향'(이기영, 1956년), '인간문제'(강경애, 1957년), '땅'(이기영, 1957년), '황혼'(한설야, 1958년), '임꺽정'(홍명희,

1958년), 시집으로 '조기천 선집'(1957년), 조선 민족 고전 작품으로는 '홍부전'(1954년), '춘향전'(1955년), '심청전'(1955년), '홍길동전'(1995년) '장화홍련전'(1955년) '박씨부인전'(1956년) 등을 출판하였다.

본 출판사는 이밖에 민족·민속·체육·역사·지리 등 민족 문화 사전류, 도구서도 많이 출판하였다.

언어 문자류에서 본다면 '조선말규범집'(1984년), "'조선말규범집'해설"(1986년), '조선어문법'(연변대학 조선어강좌, 1974년), '조선어문법'(동북3성조선어문법편찬소조, 1983년), '조선어문법이론'(이규배, 1989년), 사전류로는 '조선어속담집'(연변대학, 1980년), '조선어의성의태어분류사전'(연변언어연구소, 1982년), '조선어학사전'(최윤갑, 이세룡, 1984년), '조선어반의어사전'(연변언어연구소, 1984년), '중조소사전'(북경언어학원, 1986년), '조선말동의어사전'(허동진 등 편, 1988년), '조선어어휘실용사전'(전춘록, 문창덕, 차녕호, 1991년), '조선어방언사전'(심희섭, 이윤규, 안운, 1992년), '조선말사전'(1권-3권, 연변언어연구소, 1992년-1995년), '어휘묘사표현분류집'(문창덕, 1998년) 등을 출판하였다.

3) 민족출판사 조선문 편집실

민족출판사는 1953년 1월 15일에 베이징에서 창립되었는데 국가민족사무위원회에 소속된 중앙급 출판사이다. 민족출판사는 몽골문, 위구르문, 카자흐문, 조선문 편집실로 이루어졌다. 민족출판사의 조선문 편집실은 민족과 관련된 도서들을 출판하는데 주로 마르크스-레닌주의 저작, 모택동 저작, 등소평 저작, 당과 국가의 중요한 정책 문헌 그리고 문예 서적과 과학 기술 도서들을 출판하였다.

이중에서 문학 예술류 도서들을 좀 더 고찰해 본다면 '로신선집'(전4권, 1987년), 곽말약 작 '영춘곡'(1958년), 모순 작 '밤중'(1958년), '부식'(1959년), 파금 작 '집'(1957년), 로사 작 '낙타샹즈', 조우 작 '뇌우'(1958년), '중국 현대문학작품선집'(전 2권, 1990년) 등 중국 현대문학

작품들과 오운탁 작 '일체를 당에'(1955년), 고옥보 작 '고옥보'(1956년), 두붕정 작 '연안보위'(1956년), 양말 작 '청춘의 노래'(1961년) 등 당대의 우수한 작품들을 번역 출판하였다.

외국문학 작품으로는 고리키의 '어머니'(1954년), 보이니치 작 '등에'(1956년), 도스토옙스키 작 '죄와 벌'(1982년), 스탕달 작 '붉은 것과 검은 것'(1984년) 등 명작들이 있다.

본 민족의 작품을 본다면 김학철 작 단편소설집 '고민'(1957년), 이욱 작 장편 서정서사시 '고향사람들'(1980년), 정세봉 작 '하고 싶던 말'(1985년), 김성휘 작 '금잔디'(1985년), 이근전 작 장편소설 '청산의 눈물'(1983년) 등이 출판되었다.

사전류의 도서들을 본다면 민족출판사 편 '한조자전'(1959년), 연변역사 언어연구소 편 '조선말소사전', 최봉환 등 편 '조중사전'(1992년) 등이 있다.

민족출판사 조선문 편집실에서는 일반 도서를 출판하는 외 정기 간행물인 '탐구(求是)' 이전에 '붉은기(紅旗)'도 번역 출판하였다.

민족출판사 조선문 편집실에서 출판한 도서들 가운데서 수십 종 되는 도서가 중앙급과 지방의 도서 평의에서 상을 받았다. 장편서사시 '샛별전'과 시집 '금잔디', 단편 소설집 '청춘의 활무대'는 전국 소수민족 문학 작품상을 받았다.

4) 흑룡강조선민족출판사

흑룡강조선민족출판사는 1976년 3월에 목단강시에서 창립된 성급출판사이다.

본 출판사는 정치·경제·과학·기술·문학·예술·문화·교육 등 여러 분야의 다양한 도서를 출판하는 종합 출판사이다.

본 출판사에서는 사전, 자전 등 참고서, 도구서를 위주로 하고 학생용 도서, 외국어 학습도서를 양익으로 하면서 학술 저작, 문학 작품 등 많은 도서들을 출판하였다. 언어학 이론 도서로는 '조선어 한자음 연구'(최희수 저, 1987년), '언어학 개론'(최웅구 저, 1984년), '계림유사와 고려 시기의 조선어'(안병호 저, 1985년), 최근에는 '만주어 연구', '조선 운서와 명청음계', '조선 대음 문헌표음 수책' 등 언어학 이론 저서들을 출판하였다.

그리고 문학 도서류를 본다면 '장백산아 이야기하라'(김성휘 저, 1979년), '만무과원'(이상각 저, 1980년), '항전별곡'(김학철 저, 1984년), '동집게'(문창남 저, 1986년), '짓밟힌 영혼'(임원춘 저, 1988년), '최삼명 작곡집'(1986년) 등이 출판되었을 뿐만 아니라 '김철과 그의 시'(최웅구 저, 1987년), '민족 문예론'(임범송 저, 1990년)과 같은 문예 이론 도서들도 출판하였다.

본 출판사에서는 도서 외에 종합성 잡지 '은하수'(격월간), 아동 잡지 '꽃동산'(격월간)을 20여 년 줄곧 꾸려오고 있는데 이 잡지들은 독자들의 환영을 받고 있다.

본 사에서 출판한 많은 도서들이 중앙급과 지방의 도서 평의에서 상을 받았다. 그중에서 '장백산아 이야기하라'는 제1차 전국 소수민족 문학 창작상을 받았고 근간에 이미 출판한 '동북지역 조선인 항일 역사 사료집'(1, 2, 3권, 2003년)은 동북3성 우수 도서상을 받았다.

본 출판사에서는 또 연변대학 조선어문 연구소에서 묶은 '중국 조선 민족 문학대계'(이를테면 '한시집', 2004년)를 출판하기 시작하여 이미 네 권을 출판했고, 1995년부터 새 시기 조선족 중견작가 작품대계의 출판 사업을 시작하여 '야경으로 가는 여자'(이혜선 작 1997년) 등 소설집, 수필집, 시집, 평론 총 31권을 출판하여 중국 조선족 문단에서 거선 반향을 일으켰다. 뿐만 아니라 중국 조선족 청년 시인 총서 '뿌리의 사색'(박룡철 작, 2001년) 등 7권, 중국조선족 기자 문선 '세월이여, 인생이여'(김형직 작, 2001년) 등 11권을 출판하였다.

이외에도 최근에는 사전 편찬에 중시를 돌려 '중한사전', '한중사전'(2003년), '일한사전', '한일사전'(2000년), '영한사전'(2003년), '현대조선말사전’(2003년), ‘5개 국어과학기술용어사전’(2002년), 등 무게 있는 사전들을 출판하였다.

5) 료녕민족출판사 조선문 편집실

료녕민족출판사는 1986년 1월에 심양에서 창립되었다. 본 출판사는 조선문 편집실, 몽골문편집실, 한문편집실로 이루어졌다. 료녕민족출판사 조선둔 편집실의 전신은 료녕인민출판사 조선문 편역실이다.

본 출판사 조선문 편집실에서는 조선문으로 창작, 저술한 도서뿐만 아니라 번역한 도서들도 대량 출판함으로써 광범한 독자들의 환영을 받고 있다.

본 편집실에서는 ‘조선어문법’(최윤갑 저, 1980년), ‘조선어실용문법’(서영섭 저, 1981년), ‘조선어토대비문법’(차광일 저, 1982년) 등 문법 계열 도서들을 출판하였을 뿐만 아니라 ‘조선어문체론’(최응구 저, 1979년), ‘습조지식’(박상봉 저, 1982년) 등 어문 계열 도서들을 출판하였다.

본 편집실에서는 광범한 대중들의 수요에 의하여 가치 있는 사전류 도구 서적들을 적지 않게 출판하였다. 예하면 ‘조선어문수첩’(정판룡 주편, 1982년), ‘한조동물명칭사전’(한진건 등 편저, 1982년), ‘한조식물명칭사전’(한진건 등 편저, 1982년) ‘조선말맞춤법사전’(문창덕, 류은종, 박상일 편저, 1985년), ‘동의어·반의어·동음이의어 사전’(류은종, 문창덕 편저, 1988년) 등이다.

본 편집실은 또 ‘규중비사’(김용식 저, 1981년), ‘김학철 단편소설집’(1985년), ‘김창걸 단편소설집’(1982년), ‘몽당치마’(임원춘 저, 1984년), ‘격정시대’(김학철 저, 1986년), 등 소설집을 대량 출판하였을 뿐만 아니라 ‘들국화’(김성휘 저, 1982년), ‘고향길’(김태갑 저, 1982년), ‘풍운기’(이욱 저, 1982년)와 같은 시집들도 출판하였다.

본 편집실에서는 몇 해 동안 국내의 각종 우수 도서 평의에서 많은 상들을 받았다. 그 중에서 ‘최신옥편’(문숙동 주편, 책임 편집 김성규) 등은 2001년 11월, ‘제5회 국가 도서상’을 받았다.

6) 연변대학출판사

연변대학출판사는 1986년 11월 17일에 연길에서 창립되었다.

연변대학출판사는 민족 대학 출판사의 하나로서 본교의 실제에 입각하고 전국에 낯을 돌리는 방침 밑에 언어문자·문학예술·정치·역사·경제·법률·철학·교육·체육·수학·공학·물리·화학·컴퓨터 등 본교에 설치된 학과의 범위 안에서 교수, 과학 연구 특색을 갖춘 문과·이과·공과의 교과서·교수 참고서·학술 저작·번역 저작 및 민족 고적을 편집 출판하면서 민족 문화 교육 사업을 새로운 성과와 새로운 수준을 보여 주고 고등 교육 출판사업을 번영, 발전시키고 있다.

본 출판사에서는 민족 대학이란 실제로부터 출발하여 많은 조선 언어 문학 교재들을 출판하였다. 언어학 교재들로는 '중세조선어문법'(최윤갑 저, 1987년), '현대조선어'(강응국 저, 1987년), '조선어어휘사'(이득춘 저, 1988년), '언어학강의'(김동익 저, 1989년), '사회언어학'(염광호 저, 1990년), '교제언어학'(최명식 저, 1990년), '조선어어휘론'(류은종 저, 1991년), '조선어방언학'(최명식, 김광수 저, 2000년), '조선한문학사'(이해산 저, 1995년), '조선문학사'(근대현대 부분, 김병민 저, 1994년), '조선문학사'(고대 중세 부분, 허휘훈, 채미화 저, 1998년), '조선-한국당대문학사'(김병민, 허휘훈, 최웅권, 채미화 저, 2000년) 등이 있고 문학 교재들로는 '세계문학간사'(상하, 정판룡, 허호일, 임휘, 서일권 저, 1987년), '서방문학사'(현동언 저, 1990년), '서방문학사'(상하, 김관웅, 윤윤진 저, 1995년), '일본문학사'(허일호 주필, 1992년), '서방모더니즘문학사론'(김관웅, 윤윤진 저, 1999년), '중국문학사'(1, 2, 3권, 박정양, 이승매, 허룡구 저, 1997년), '중국현대문학사'(김병활 주필, 2004년), '중국당대문학사'(김병활 저, 2001년) 등이 있다. 이외 문학 이론 교재들로는 '문학개론'(김문일 저, 1990년), '습작학개론'(김만석 저, 1992년), '시창작이론연구'(전국권 저, 1993년), '21세기 서방문예이론'(임윤덕 저, 1994년), '문학개론'(김해룡 저, 1995년), '비교문학개론'(윤윤진, 김관웅 저, 1997

년), ‘문화학개론’(김병활, 박정양 저, 1999년), ‘비교문학개론’(김관웅, 김병활 주필) 등이 있다. 신문학 방면의 교재들로는 ‘실용습작학’(최상철 저, 1995년), ‘신문학이론기초’(최상철 저, 1995년), ‘조선언론사’(최상철 저, 2004년) 등이 있다. 여기에서 특히 주목할 것은 1992년 한중 수교 이후 한국어 학과가 부상함에 따라 연변대학출판사에서는 연변조선족 자치주라는 또는 연변대학이라는 지리적 우세와 인문 우세를 잘 이용하여 한국어 교재 발굴에서 비교적 큰 성과를 거두었다는 점이다. 한국어 교재로는 ‘초급 한국어’(상하, 최희수 주필, 2001년), ‘초급 한국어회화’(유춘희 주필, 2002년), ‘한한(韓漢)번역기초’(유영록 저, 2003년), ‘한중번역교본’(류영록 저, 2003년), ‘중한번역교본’(장의원, 김일 저, 2003년), ‘조한한조번역기초’(김영수, 전화민 저, 2003년), ‘상용한국어관용문형’(전룡화 편저, 2004년), ‘한국어실용문법’(최희수, 유춘희 편저, 2003년), ‘한국어응용문습작’(전룡화 저, 2004년), ‘한국어열독과 습작’(최희수 주필, 2004년), ‘경제무역한국어’(최희수 주필, 2004년), ‘한중양용회화’(서계학 편저, 2004년), ‘한국개황’(박영호, 윤윤진, 최희수 편저, 2004년) 등과 같은 도서들이다. 이러한 도서들은 많은 대학과 학원의 교재로 채용되어 중국에서의 한국어 학습에 큰 기여를 하였다.

본 출판사에서는 또 적지 않는 학술적 가치가 높은 도서들을 출판하였다. ‘발해사연구’(1권－8권, 방학봉 주필), ‘조선학연구’(1권－4권, 조선학연구편집위원회 편), ‘조선족민속연구’(1권－3권, 연변조선족민속학회 편), ‘발해건축연구’(방학봉 저, 1995년), ‘발해강역과 해정제도연구’(방학봉 저, 1996년), ‘발해불교연구’(방학봉 저, 1998년), ‘조선역사’(김동훈, 김관웅 편저, 1997년), ‘중국 조선족 언어문자교육사용 상황연구’(전학석 주필, 2000년), ‘조선－한국문학연구’(중국조선－한국문학연구회 편, 2001년), ‘문학교육론’(김경훈 저, 2001년), ‘중국에서의 조선어의 발전과 연구’(최윤갑 주필, 1992년), ‘발해 주요 유적을 찾아서’(방학봉 저, 2003년), ‘부녀연구’(1권－3권, 채미화 주필), ‘여성학논문집’(채미화 주필, 2003년)

등과 같은 도서들이다.

본 출판사는 나라의 개혁 개방 정책에 발맞추어 현대화 건설과 관련되는 저서들을 출판함으로써 조선족의 발전 특히는 연변 경제의 발전에 일정한 기여를 하였다. 예하면 '연변조선족자치주 토양지'(유충걸 등 저, 1991년), '연변인구연구'(최창래, 주성화, 김위민 저, 1992년), '두만강 개발'(최심 저, 1993년), '중국의 개혁개방과 동북아경제연구'(현동일, 심의섭, 왕동양, 김화림 편저, 2000년), '연변관광자원과 이용'(김희정, 유충걸, 온염령 주필, 2002년) 등과 같은 도서들이다.

본 출판사에서는 '조선어문자학사전'(연변교육학원 조문강좌 편, 1989년), '신화자전'(류영록, 김재언 등 역, 1990년), '조선어성구소사전'(조선어성구소사전편찬위원회 편, 1991년), '육박사전'(송창수 등 역, 1999년), '한조동의어사전'(류영록, 김종태 편저, 2000년), '동의어 반의어 동음이의어 사전'(류은종 저, 2002년) 등 무게 있는 사전들을 출판하였다.

그 외에 많은 중등 전문학교와 초·고중 교수 참고서와 기타 교수용 도서들을 출판하였는데 여기에서 일일이 열거하지 않겠다.

본 출판사에서는 창립된 이래 각종 도서 1,960여 종을 출판하였는데 그 중 조선문 도서가 210여 종이다. 선후하여 83권의 도서가 국내의 각종 우수 도서 평의에서 우수도서상을 받았는데 조선문 도서가 39종이다.

우리는 이상에서 서술한 중국에서의 조선문 출판사의 성장과 빛나는 성과를 통하여 공화국 창건 이후 중국 조선족 출판 문화는 거족적인 발전을 가져 왔다는 것을 피부로 직감하게 된다. 현단계에서 보면 조선문으로 된 출판물은 품종이 다양하여 사회 생활의 전방위를 포섭하고 수량이 많고 질이 높아서 사회적 효과가 좋으며 세계에도 진출하고 있다. 지금 많은 조선문 출판물은 한어로 번역되어 중국 도서 시장에 들어가고 또 국경을 넘어서 한국 등 외국 도서 시장에도 진출하고 있다.

우리는 또 조선문 출판물에서 이채를 띠고 있는 조선문 잡지를 빼놓을 수 없다. 학술지로 '중국조선어문'(연길), '중국조선족교육'(연길)이 있고 문예지로 '연변문학'(연길), '장백산'(장춘), '도라지'(길림시), '송화강'(할빈), '문학과 예술'(연길), '예술세계'(연길), '별나라'(연길) 등이 있고 종합지로 '청년생활'(연길), '연변여성'(연길), '노년세계'(연길), '소년아동'(연길), '중학생'(연길), '동북후비군'(연길), '은하수'(목단강), '꽃동산'(목단강), '지부생활'(연길), '대중과학'(연길), '연변의학', '법률과 생활'(연길) 등이 있다.

이와 같이 조선문 잡지는 품종이 다양하고 사회 생활의 전반을 포섭하고 있다. 이는 중국조선족 출판 문화가 어느 민족에 비해 차원이 높게 발전되고 있음을 단적으로 보여주고 있다.

3

조선어 사용에서 '중국에서의 조선문 출판물'이라고 한다면 조선을 대상으로 하여 출판하는 외문 도서를 두고 말할 수도 있고 한국을 대상으로 하여 출판하는 외문 도서를 두고 말할 수도 있겠지만 필자는 이 글에서 중국 조선족의 출판물에 대하여 서술함을 먼저 밝히는 바이다.

중국 조선문 출판물에서의 조선어 사용은 중국 조선어사정위원회에서 제정한 제반 규범과 직결된다. 언어 규범화는 모든 사람들이 하나의 규범대로 말하고 글을 쓰게 함으로써 언어생활에서 통일성을 보장하여 사회적 기능과 역할을 더욱 높일 수 있게 한다. 그렇다면 출판물(도서, 신문, 잡지)은 언어 규범과 어떤 관계를 갖고 있는가? 간단히 말하여 출판물은 규범을 이끄는 주요한 수단이며 중요한 규범서라고 말할 수 있다. 그러므로 양자의 관계는 서로 보충하고 촉진하면서 민족의 언어를 완벽하게 통일해 나가는 과정이라고 본다.

그래도 규범은 법이기 때문에 출판물에서는 이유 없이 무조건적으로 규범을 좇아야 할 의무밖에 없다. 그 사례를 한 가지 든다면 한국의 한글학회에서 펴쳐낸 대형 '우리말 큰 사전'이 '한국 어문 규정'(한글 맞춤법, 표준어 규정 등)을 위배하였다 하여 다 찍어낸 책이 비운을 당할 번한 일이 있었다고 한다. 우리나라 한문도서, 잡지, 신문에서도 언어 문자 규범에 대한 요구가 아주 높다는 것을 보아낼 수 있다. 예하면 국가공상행정관리국 제84호 령으로 내린 '광고 언어 문자 관리 잠정 규정'(1998년 3월 1일 실시)에 의하면 광고에 쓰인 문자에서 규정을 위반하고 번체자(繁體字)를 사용했거나 이미 폐지한 이체자(異體字)를 사용했다면 그 광고 주인이거나 광고 경영자 또는 광고를 낸 사람은 반드시 벌금을 내야 한다고 규정했다.

이는 국외나 국내에서 모두 출판물에서의 규범을 법으로 엄하게 다루고 있음을 보여 주는 사례라 하겠다.

해방 후 중국에서의 조선문 출판물의 서사 규범의 변화 발전은 대체로 4개 시기로 나눌 수 있다.

제1시기(1945년 – 1954년)

이 시기를 '한글 맞춤법 통일안'(1933년)과 '사정한 조선어 표준말 모음'(1936년), 문세영의 '조선어사전', 이윤재의 '표준 조선어 사전'에 준하는 시기라고 말할 수 있다.

이 시기는 조선, 한국과 중국의 규범에서 일부 어휘 규범을 제외한 서사 규범(맞춤법, 띄어쓰기법, 문장부호법)이 대체로 같은 시기이다.

즉 해방 직후인 출판물에서는 한자를 섞어 썼다. 그리하여 광범한 조선족 인민 대중들이 보고 어려워했기 때문에 당시 우리 민족의 유일한 신문이었던 '동북조선인민보'에서는 한자혼용의 폐단을 감안하여 1952년 4월부터 신문지상에서 한자를 폐지하였고 학교 교과서들에서는 1953년 춘기 교과서에서부터 한자를 폐지하기 시작하였다. (조선에서는 1949년 9월부터 한자를 폐지하였다. 한국에서는 여전히 한자를 쓰고 있다.)

한자의 폐지는 당시 인민 대중들에게 문맹으로부터 벗어나 문화 지식을 빨리 습득하는 데 광활한 길을 활짝 열어주었다.

제2시기(1954년-1976년)

이 시기를 조선과학원의 '조선어 철자법'(1954년), '조선어 소사전'(1954년), '조선말 사전'(1권-6권, 1960년-1962년 출판)에 준하는 시기라고 말할 수 있다.

'조선어 철자법' 세칙에서 달라진 부분적인 사항들을 간추려서 본다면 다음과 같다.

(1) 조선어 자모는 종전의 24개 자모이던 것을 복합 자모를 넣은 40개 자모로 하였다.

24개 자모: ㄱㄴㄷㄹㅁㅂㅅㅇㅈㅊㅋㅌㅍㅎㅏㅑㅓㅕㅗㅛㅜㅠㅡㅣ

40개 자모: ㄱㄴㄷㄹㅁㅂㅅㅇㅈㅊㅋㅌㅍㅎㄲㄸㅃㅆㅉㅏㅑㅓㅕㅗㅛㅜ
ㅠㅡㅣㅐㅒㅔㅖㅚㅟㅢㅘㅝㅙㅞ

(2) 한자어 기원의 단어에서 본음이 '녀, 뇨, 뉴, 니'인 것은 어느 위치에서나 본음대로 적으며(제5항) 본음이 'ㄹ'로 시작되는 것은 어느 위치에서나 본음대로 적음으로써(제6항) 두음법칙을 인정하지 않았다.

예: 여자 → 녀자(女子)   낙원 → 락원(樂園)

　　요도 → 뇨도(尿道)   양심 → 량심(良心)

(3) 어간의 모음이 'ㅣ, ㅐ, ㅔ, ㅚ, ㅟ, ㅢ'인 경우에 토를 '여, 였'으로 적기로 하였다. (제13항)

예: 기어 → 기여,   기었다 → 기였다

　　개어 → 개여,   개었다 → 개였다

　　쥐어 → 쥐여,   쥐었다 → 쥐였다

(4) 합성어 사이에서 사이표 ''''를 쓰고 사이 'ㅅ'을 버렸다. (제19항, 제24항)

예: 깃발 → 기'발,   나룻배 → 나루'배

　　냇가 → 내'가,   냇물 → 내'물

(5) 표준어로 인정되던 단어들 가운데서 일부를 수정하였다.

예: 놀 → 노을,　　　　　　　　눈추리 → 눈초리

　　달걀 → 닭알,　　　　　　　도둑 → 도적

　　쇠고기 → 소고기,　　　　　아내 → 안해

(6) 인용표(《 》), 거듭인용표(〈 〉), 찌레(-)를 쓰기로 하였다. (제56항)
이상의 표기에서 한국은 여전히 원래의 표기를 따르고 있다.

띄어쓰기를 본다면 모두 10항으로 되어 있는데 원칙은 '단어는 각각 띄여 쓰되 토는 웃말에 붙여 쓴다.'고 하였다. 그리하여 당시의 띄어쓰기에서 여러 개의 단어로 이루어진 고유 명사는 '로동 신문, 삼국 유사, 조선 민주주의 인민 공화국, 평양 사범 대학'과 같이 띄어 썼으며 사람의 성과 이름도 '리 순신, 을지 문덕'과 같이 띄어 썼다.

이 시기 즉 1958년부터 1963년까지 중국에서는 언어의 융합을 촉진하기 위한 소수 민족의 새 명사, 술어는 한어에서 차용하여 공통 성분을 증가하여야 한다는 '좌'적인 거센 폭풍이 불어쳤다. 이때 조선어의 어문 사업은 교란을 받아 어휘 규범에서 올바로 쓰이던 어휘들이 다시 기로에 들어서게 되었다.

당시 우리글 출판물에서의 조선어 사용 실태를 보면 다음과 같다.

(1) 한어 음차어들

맨보(面包), 보쇼(報銷), 빙귀(冰果), 진테(津貼), 후조(護照), 꾸지(估計), 꽈호(挂号), 따즈보(大字報), 샤팡(下放), 맨툐(面條), 스프(師傅)…

(2) 조선어 한자음 독법으로 들어온 것들

공인(工人), 공인계급(工人階級), 조도원(調度員), 공우(工友), 빈관(賓館), 취난비(取暖費), 대회사(大會師), 관마회의(觀摩會議), 방치원(防治院), 호사(護士), 성본(成本), 창장(廠長), 성시(城市), 함수(函授), 교학(敎學), 공소합작사(供銷合作社), 통구통소(統購統銷), 초생(招生), 록취(錄取)…

1964년부터 1966년까지는 조선어 규범화를 망라한 전반 조선어문 사업이 '좌'적 편향을 시정하고 올바른 방향으로 발전하였다.

조선어 사용에서 '한쪽으로 기울어져야 한다(一邊倒)', '평양 표준을 전형적인 표준으로 삼아야 한다.'는 주은래 총리의 지시가 1964년 1월에 전달된 후 1965년 10월과 11월에 조선문판으로 된 '모택동선집'(1권-4권)이 베이징 민족출판사에서 출판되었는데 이는 우리 조선어사용 기준이 바로잡힌 것으로 중국에서 조선어를 표준화하고 규범화하는 데서의 본보기로 되었다.

우리나라 조선문 출판물에서는 1966년 3월에 연변역사언어연구소에서 기초한 '조선어 명사, 술어 규범화 잠정 방안(초안)'과 '제1차 조선어 명사, 술어 규범화 의견(초안)'에 의해 쓰기 시작했다.

간추려서 본다면 다음과 같다.

(1) 이기 조선어에 있었고 또 역사적으로 장기간 써오던 단어가 있을 때에는 한어를 차용하지 말아야 한다.

  예: 경색(競賽) → 경쟁

     공긴(工人) → 노동자

     족구(足球) → 축구

     쌍발(上班) → 출근

     진테(津貼) → 수당금

(2) 낡은 사회에서 근로 인민을 천시하여 쓰던 단어는 마땅히 새 단어로 바끄어야 한다.

  예: 미장이 → 미장공

     배달부 → 우편통신원

(3) 재래로부터 널리 써오던 고유어 및 한자어와 동의적 관계를 가지고 있는 외래어는 알기 쉬운 고유어나 한자어로 바꾸어 쓰는 것을 원칙으로 한다.

  예: 스피드 → 속력

　　테니스 → 정구
　　스피커 → 확성기

그러나 군중 속에 일정한 기초가 있는 외래어는 병용할 수 있다.
예: 프롤레타리아트 = 무산계급
　　부르주아지 = 자산계급
　　인테리 = 지식인

제3시기(1967년－1976년)

1967년부터 1976년까지는 '문화 대혁명' 10년 동란 시기로서 '4인무리'들이 살판치면서 당의 민족 어문 정책과 민족 어문 사업을 여지없이 짓밟아 버렸다.

1969년 3월 중순부터 4월 초까지 베이징에서 열렸던 '조선족 언어 문제 모택동사상 학습반'에서 '평양을 따라 배워야 한다.'는 주은래 총리의 지시를 부정하고 한어의 공통 성분을 증가하는 것을 취지로 한 번역 원칙이 채택되어 그 후 '모택동선집'을 새로운 번역 원칙에서 다시 수정 출판함으로써 많은 어휘 규범들이 또다시 옛것으로 되돌아갔다.

1970년 1월 1일부터 우리 출판물에서는 새로운 띄어쓰기 원칙에 의하여 띄어쓰기를 하도록 결정하였다.

몇 가지 규정을 보면 다음과 같다.

(1) 명사들이 토 없이 직접 어울리어 하나의 대상을 나타내는 경우에는 붙여 쓴다고 하였다. (제2항)
예: 기계기름, 박수소리
　　중화인민공화국
(2) 불완전(의존)명사는 붙여 쓴다고 하였다. (제3항)
예: 우리는 성공할수 있다.

더 말할나위가 없다.

(3) 보조적 동사와 보조적 형용사는 붙여 쓴다고 하였다. (제12항)

예: 발전하고있다., 읽고싶다

　　읽는가싶다, 돌아가버리다…

그리고 '사이표', '철자법', '문장부호법' 등에 대한 규정을 지었다.

① 사이표(')는 합성어에서 첫 번째 어근의 끝소리가 모음이나 'ㄴ, ㄹ, ㅁ, ㅇ'인 경우에만 찍도록 하였다.

예: 모음－기'발, 내'가, 내'물, 이'몸…

　　ㄴ－손'등, 산'새, 산'짐승…

　　ㄹ－불'길, 일'군, 들'것, 들'보…

　　ㅁ－잠'결, 움'집, 담'벽…

　　ㅇ－등'불, 장'군, 상'보…

② 한자어로서 사이표를 찍지 않으면 뜻이 달라지는 경우에 찍도록 하였다.

예: 당'적(黨的)　　　　　　당적(黨籍)

　　사'적(私的)　　　　　　사적(事跡)

③ 철자법을 종전에 써오던 것대로 표기한다.

④ 문장부호는 종전에 써오던 것대로 표기한다.

제4시기(1977년－현재)(동북3성 '조선말규범집' 집필소조에서 편찬한 '조선말규범집'을 따르는 시기)

이 '조선말규범집'은 표준 발음법, 맞춤법, 띄어쓰기, 문장 부호법으로 묶어졌는데 이 규범집에서 사이표(')는 발음 교육 등을 목적으로 하는 특수한 경우를 제외하고는 쓰지 않기로 하였다. (제17항)

1977년에 우리나라에서 '조선말규범집'(시용 방안)이 나옴에 따라 우리 출판굴에서 일부 맞춤법이 달리 쓰이게 되었다. 그 예를 간추려서 보이면 다음과 같다.

1. 한자에서의 단어 첫머리 'ㄴ, ㄹ' 음과 관련하여 철자가 바뀐 단어들

1) 단어 첫머리의 'ㄹ'가 탈락된 단어들

령락없이 → 영낙없이

룡마루 → 용마루

2) 단어 첫머리에 'ㄴ'가 탈락된 단어들

닉명 → 익명,   닉명신 → 익명신

닉사 → 익사,   닉사자 → 익사자

3) 단어 첫머리의 'ㄹ'가 'ㄴ'로 바뀐 단어들

록두 → 녹두,   록두나물 → 녹두나물

록말 → 농마,   록말가루 → 농마가루

락자없다 → 낙자없다

2. 앞모음화 현상과 관련하여 철자가 바뀐 단어들.

1) 'ㅏ'가 'ㅐ'로 바뀐 단어들

가랑이 → 가랭이,   금싸라기 → 금싸래기

실오라기 → 실오래기,   잠방이 → 잠뱅이

2) 'ㅓ'가 'ㅔ'로 바뀐 단어들

구덩이 → 구뎅이,   구렁이 → 구렝이

누더기 → 누데기,   엉덩이 → 엉뎅이

3. 받침이 바뀌어진 단어들

관솔 → 광솔

움큼 → 웅큼

벚나무 → 벗나무

4. 받침을 새로 밝혀 적은 단어들

세째 → 셋째,   네째 → 넷째

여지껏 → 여직껏

5. 겹모음이 홑모음으로 바뀐 단어들

케케묵다 → 케케묵다

비계 → 비게, 치례 → 치레

계면쩍다 → 계면쩍다

6. 홑모음인 양성 모음이 음성 모음으로 바뀐 단어들

차갑다 → 차겁다

갈고리 → 갈구리

중동무이 → 중둥무이

애송이 → 애숭이

사전은 언어 규범을 이끄는 기관차의 역할을 한다. 출판사를 놓고 말하면 사전은 편집 일꾼들의 선생이다. 그러므로 편집 일꾼들은 사전을 한시도 떠나지 않고 그대로 언어 문자를 처리해 나간다.

1960년대로부터 지금에 이르기까지 우리 출판물에서 의거한 사전을 본다면 조선과학원의 '조선어사전'(1권-6권)(1962년), '현대조선말사전'(1981년), '조선말대사전'(1권-2권)(1992년)이었고 그 다음 1992년부터는 연변사회과학원 언어연구소에서 출판한 '조선말사전'(1권-3권)이다. 이 사전은 규범성을 띤 사전이므로 우리나라 조선문 출판물에서 완전히 이 사전에 준하게 되었다.

1992년 중한수교이후부터 양국간의 문화교류가 활성화됨에 따라 우리 사전에서 찾아볼 수 없는 어휘들은 한국의'엣센스국어사전'과 '국어대사전'을 참작하여 새 단어들을 처리하고 있다.

4

중국에서의 조선문 출판물의 외래어 표기는 해방 후부터 1990년까지 기본적으로 조선의 외래어 표기법을 따랐다. 그러다가 1990년 11월 20일에 중국 조선어사정위원회 제7차 심의회의에서 '외래어 표기법' 세칙이 채택되었다.

그 세칙을 간추려 보면 다음과 같다.

(1) 외래어 표기는 그 나라, 그 민족의 발음에 가깝게 적는 것을 원칙으로 한다.

예: 그라인더(grinder 영어) × 구라인다, 그라인다

  뉴앙스(nuance 프랑스어) × 뉴안스

(2) 굳어진 외래어는 관습대로 적는 것을 원칙으로 한다.

예: 도마도(tomato 영어) × 토마토

  샤쯔(chirt 영어) × 셔트

  다이야(tire 영어) × 타이어

목전 외래어 표기의 실태를 고찰해 본다면, 중국에서 개혁, 개방의 시책을 실행하고 현대화 건설의 발걸음이 빨라지면서 특히는 최근 10년 남짓한 동안 우리나라의 대외 개방 정책이 완벽화되어 가고 외국과의 문화 교류가 활성화됨에 따라 외래어가 홍수마냥 밀려들고 있다.

이 외래어들은 중국 조선문 출판물에서 특히는 신문과 잡지들에서 많이 쓰고 있다. 이를 분야별로 보면 다음과 같다.

(1) 문화, 오락, 체육 분야

비디오, 오디오, 칼라TV, 가라오케, 나이트클럽, 디스코, 콘서트, 뮤직, 애니메이션, 팬클럽, 액션, 카세트, 드라마, 히트곡, 스타, 아나운서, 쇼트트랙, 아이스오케이, 골프, 게이트볼, 볼링, 스포츠, 월드컵, 레저, 헬스클럽…

(2) 경제, 무역, 산업 분야

쇼핑, 홈쇼핑, 보너스, 서비스, 슈퍼마켓, 세일즈맨, 보스, 오일쇼크, 베스트셀러, 지엔피, 마케팅, 브랜드…

154

(3) 산업, 교통, 통신 분야

컨테이너, 하우스, 비닐하우스, 박스, 디자인, 디자이너, 크레인, 터미널, 비스크스, 비즈니스, 삐삐, 핸드폰, 카메라핸드폰, 디지털카메라, 인터폰, 팩스밀러, 슈퍼마켓…

(4) 복장, 단장 분야

티셔츠, 미니스커트, 팬티, 비키니팬티, 팬티스타킹, 브래이저, 패션쇼, 패션모델, 하이힐, 액세서리, 브로치, 스타킹, 웨딩드레스, 진즈바지, 캐주얼, 팩, 샴푸, 립스틱, 립크림, 스킨로션…

(5) 음식 문화 분야

파티, 메뉴, 커피숍, 카페, 뷔페, 커피, 주스, 코카콜라, 레스토랑, 피자, 햄버거, 샌드위치, 케이크, 캔(맥주), 쵸콜레트…

(6) 과학, 기술, 교육 분야

컴퓨터, 모니터, 키보드, 소프트웨어, 하드웨어, 파일, 메뉴, 아이콘, 디지털, 멀티미디어, 마우스, 시스템, 사이트, 인터넷, 네트워크, 네티즌, 데이터, 아이디, 커서, 채팅, 홈페이지, 메신저, 사이버, 로봇, 세미나, 심포지엄, 우네스코…

(7) 의약, 신체

비아그라, 에이즈(병), 사스(병), 인플루엔자. 스트레스, 카페인, 인슐린, 아미노산, 페니스, 게놈, 다이어트…

(8) 기타 분야

센터, 아르바이트, 패턴, 포즈, 윙크, 무드, 붐, 데뷔, 인터뷰, 드라이브, 그룹, 코리안 드럼, 탈무드, 톱스타, 파트너, 팁, 프로포즈, 프로젝트, 콤플렉스, 아이디어, 비전, 이벤트, 이미지, 핑크, 트로피, 브리핑, 오픈(하다), 와이프, 섹시, 섹스…

이상에 든 외래어들은 우리 조선문 출판물에서 자리를 잡았거나 잠시는 생소하게 씌었지만 앞으로는 활발하게 쓰일 수 있으나 일부 외래어들은 너무도 생소하여 정보 전달에 영향을 줄 수 있다. 우리들은 이 것 외에도 수많은 외래어들이 들어와 쓰이고 있음을 볼 수 있으며 앞으로 외국과의 문화 교류가 더 활성화됨에 따라 더 많은 외래어들이 들어올 수 있다는 것을 감안할 수 있다. 그렇지만 우리 출판물에서는 정보 전달의 효과를 위하여 될수록 자기의 고유한 어휘들을 살려 쓰는 것이 바람직하다고 본다.

최근 연간의 우리의 출판물들을 보면 다음과 같은 문제가 존재하고 있다.

일부 신문과 잡지, 도서들에서는 중국 조선어사정위원회에서 제정한 제반 조선어 규범 원칙을 지키지 않고 다른 한쪽으로 기울어지는 편향을 보이고 있다.

(1) 외래어 표기에서 한국의 표기를 따르는 경향

	중국	한국
예:	나트리움	나트륨
	칼시움	칼슘
	우라니움	우라늄
	로보트	로봇
	샤와	샤워
	슈퍼마케트	슈퍼마켓
	인터네트	인터넷
	티케트	티켓
	샤쯔	셔츠
	고뿌	컵
	에네르기	에너지
	비루스	바이러스
	왁찐	백신

딴스	댄스
쎈터	센터
써비스	서비스
유코아	유머

(2) 일쿠 신문과 잡지들에서 이미 사정한 어휘들을 그대로 쓰지 않고 한어식대로 쓰는 것

한어식		사정한 어휘
예: 문진부(門診部)	→	진찰부
교학(教學)	→	교수, 수업
과당(課堂)	→	실내수업
교사절(教師節)	→	교원절
공공뻐스(公共汽車)	→	시내뻐스
골질증생(骨質增生)	→	골증식
료정(療程)	→	치료단계
심교통(心絞痛)	→	협심증

(3) 우리 출판물에서 혼란하게 쓰이는 단어들
예: 휴대전화－휴대폰, 핸드폰, HP, 大哥大, 手機
청사(大厦, 大樓)－빌딩
공사(公司)－ 회사
문구(門球)－게이트볼
현성(縣城)－현소재지
몽고포(蒙古包)－몽골꺼르
가장회의(家長會議)－학부형회의, 학부모회의, 학부모모임
구라파－유럽
화란－네덜란드

희랍-그리스

씨비리-시베리아

두만강-도문강

백두산-장백산

배초구-백초구

로투구-로두구

(4) 그릇된 호칭을 쓰는 것

예: 엄마, 아빠-어머니, 아버지

'엄마'는 어린아이가 '어머니'를 정답게 이르는 말.

'아빠'는 어린아이가 '아버지'를 사랑스럽게 이르는 말. (이상은 '조선말사전'의 해석)

그런데 우리 출판물에서는 한국에서 일부 그릇되게 쓰이는 것들을 마치 신선한 것으로 받아들여 이미 결혼한 아들, 딸들이 자기 아버지, 어머니를 부를 때 '아빠', '엄마'라고 쓰고 있다. 일부 사람들은 이렇게 부르는 것은 나이와 관계없이 부모와 자식간의 관계가 도탑다는 것을 말한다고 한다.

(5) 우리 출판물에서 필요 이상으로 외래어를 남용하는 현상.

예: 오픈하다   개업하다

　　와이프   안해

　　엘리트   정예

　　에세이   수필

　　포커스   초점

　　캐주얼   평상복

이에 대하여 많은 독자들은 의견을 제기하고 있지만 개변을 보이지 않고 있다.

(6) 사정한 단어들에 대한 재검토가 필요하다.

예: 門球: 크로케→게이트볼 (지금 신문에서는 '문구'라고 쓰고 있음.)

世界衛生組織: 세계위생기구→세계보건기구

廣播員: 방송원, 우리 규범에서는 '방송원'으로 쓰기로 했지만 모든 출판물에서 '아나운서'라고 쓰고 있다.

街道辦事處: 가두판사처, 가두사무소

(7) 광고문에서 한자 또 한어를 마구 혼용하거나 비규범적인 어휘를 쓰는 문제. 한어에 조선말토만 붙여 쓰는 현상이 비일비재다. 이에 대한 엄숙한 단속이 필요하다.

(8) 우리 출판물에서 일부 단어 뒤에 한자를 넣을 때 약자(簡化字)를 넣는가 다니면 정자(繁體字)를 넣는가 하는 것이 통일되지 않고 있으므로 조속한 통일이 필요하다.

예: 련상적(聯想的) — 련상적(聯想的)

(9) 우리 출판물에서 한어의 문장부호를 쓰는 현상.

조선어	한 어
예: '…'	'……'
'10.1'	'10 · 1'

(10) 우리 언어 표현법에 맞지 않는 것들

예: 전화를 치다 → 전화를 걸다, 전화를 하다

성적이 돌출하다 → 성적이 뛰어나다

마음속으로 수자가 있다 → 마음속으로 타산이 있다.

6

이상에서 반세기 동안 이룩한 중국에서의 조선문 출판물의 빛나는 성과를 회고하고 조선어 사용 실태에 대한 거시적인 고찰을 통하여 우리 조선어는 당과 정부의 민족정책과 어문정책의 빛발 아래에 세인이 괄목할 만한 성과를 이룩하였다는 것을 심심히 느끼며 그러한 성과는 몇 세대 출판 일꾼들의 불면불휴의 피타는 노력으로 이룩되었다는 것을 가슴 깊이 느낀다.

(1) 중국 특색을 갖춘 출판문화 즉 출판물은 자기의 가치관에 따라 구축되어야 한다.

우리의 중국 조선족 출판 문화는 한반도와 구별되는 특색을 가지고 있다. 지금 중국 조선족 출판 사업이 직면한 위기에 사로잡혀 그 해결 대안으로 언어 사용에서 한국식으로 하자는 사조가 흐르고 있다. 이는 간단히 말하여 서울말을 표준어, 규범으로 삼자는 것이다.

지난 반세기 동안 우리에게는 평양 기준, 서울 기준, '나(중국)를 위주로 하는' 기준이 있었다. 오늘날 우리의 규범은 중국 조선족들의 의사 교환에 유리하게 하여야 할 뿐만 아니라 전체 한반도 인민들과의 의사 교환에도 유리하게 하여야 한다. 이것은 중국 조선어의 규범화 원칙이라고 본다. 우리는 중국의 환경에서 산다는 이 특수성을 망각한다면 언어 사용의 실제를 이탈하게 될 것이며 또다시 기로에 들어서게 될 것이다.

(2) 우리의 규범은 반드시 민족화·대중화·과학화의 요구에 맞아야 한다고 본다.

지나간 역사를 돌이켜보면 '좌'적인 편향이 살판칠 때 우리 민족에게 오랫동안 뿌리 내린 기존 어휘들을 버리고 한어의 공통 성분을 증가한다 하여 마구 한어에서 음차하거나 음독법으로 받아들이는 것은 우리 조선어 발달 법칙에 맞지 않고 언어 사용에서 만회할 수 없는 교란을 일으켰다는 것을 볼 수 있다. 그리고 오늘날 필요 이상으로 외래어를 마구 받아들이는 것도 주의를 일으켜야 할 바이다.

(3) 개혁, 개방 이후 특히는 한중 수교 이후 10년 동안 우리 출판물에는 한국어 어휘들이 물밀듯이 밀려 들어오고 있다. 이런 현실을 감안하여 우리의 '조선말규범집'과 '조선말사전'(1권-3권)에 대한 수정 보완이 절실히 필요하다.

이래야만 중국에서의 조선문 출판물에서의 언어 문자를 완벽하게 통일할 수 있다.

(4) 우리는 조선어 사용에서 제기되는 문제들을 제때에 연구하고 해결하고 통제할 수 있도록 해당 기구를 강화해야 한다. 중국 조선어사정위원회와 연변조선족자치주 조선어문사업위원회, 출판국 등에서 자기의 직능을 발휘하여 출판물에서의 조선어 사용에서 나타나는 편향을 바로잡도록 해야 한다고 본다.

참고 문헌

① '중국조선민족문학사대계' (1) '언어사(言語史)', 민족출판사, 1995년.

② '중국조선민족문학사대계' (8) '신문출판사(新聞出版史)', 민족출판사, 1999년.

③ '조선말규범집', 연변인민출판사, 1996년.

④ '한국어문규정집', 한국 국립연구원, 1996년.

⑤ '조선어철자법', 조선민주주의인민공화국 과학원, 1954년.

⑥ '조선갈규범집', 조선사회과학원출판사, 1966년.

⑦ '중국조선족출판문화학술논문집', 중국 요녕민족출판사, 2003년.

부 록

Ⅰ. 섞갈리기 쉬운 띄어쓰기

1. 뜻에 따라 띄어쓰기가 달라지는것들.

○ 이철호할아버지 (이철호 그 자신일 때는 붙여쓴다.)
  이철호 할아버지 (이철호의 할아버지)
○ 이정숙어머니 (이정숙 그 자신일 때는 붙여쓴다.)
  이정숙 어머니 (이정숙의 어머니)
○ 김철학동무 (김철학 그 자신일 때는 붙여쓴다.)
  김철학 동무 (김철학의 동무)
○ 이철남 형님 (이철남의 형님)
  이철남동무 형님 (이철남동무의 형님)
  이철남 동무 형님 (이철남의 동무의 형님)
○ 배나무집아주머니 (아주머니 이름을 대신하여 쓰일 때는 붙여쓴다.)
  배나무집 아주머니 (배나무가 있는 집에서 사는 아주머니)
○ 아버지생각 (아버지에 대한 생각)
  아버지 생각 (아버지의 생각)
○ 베이징동쪽지구 (베이징보다 동쪽에 있는 지구)
  베이징 동쪽지구 (베이징안의 동쪽에 있는 지구)

2. 앞에 오는 규정어에 따라 띄어쓰기가 달라지는 것들.

○ 마른나무
  몹시 마른 나무
○ 농촌건설
  새 농촌 건설
○ 기준량창조
  높은 기준량 창조
○ 민족정책관철

당의 민족정책 관철
○ 세게노동자
전 세계 노동자
○ 착취계급잔여분자
타도된 착취계급 잔여분자

3. 시간적개념을 나타내는 단어들의 경우.

○ 1960년대초 중국경제정형
19세기중엽 사회경제정형
20세기 30년대중엽부터
2004년 9월 10일 현재
2005년 7월 1일 아침 (밤, 저녁) 8시 35분 30초
2005년 8월 5일 일요일 오후 3시경
2006년 음력 1월 5일
○ 작년가을, 금년여름, 지난봄
오늘아침, 오늘오후, 오늘밤
어제저녁, 어제오전, 어제밤
※ 그날 아침, 이날 저녁, 어느날 밤
○ 지난해 섣달 그믐날
재작년 동지달 스무날께
지난해 이른봄 어느날 이른새벽

4. 다음과 같은 단어들은 불완전명사이므로 띄어쓴다.

○ 등등 - 텔레비죤, 녹음기, 전기냉장고 등등
○ 등속 - 책장, 옷장 등속을 갖추다.
○ 등지 - 베이징, 상하이 등지

5. 불완전명사와 비슷하면서도 아닌 단어들의 경우.

○ 법－착취와 압박이 있는 곳에는 반항이 있는 법이다.

※ 할법하다, 이 물에 고기가 있을법하다. (여기에 쓰인 ‘법’은 불완
전명사로서 용언의 ‘ㄹ’형 다음에 ‘하다’와 함께 쓰이어 ‘짐작이나
예측’의 뜻을 나타낸다.)

○ 식－동무네는 동무네 식대로 하고 우리는 우리 식대로 하겠다.

○ 공－많은 공을 들이었다.

○ 점－좋은 점, 나쁜 점, 이 점에 대해 말하면 …

○ 면－긍정적인 면과 부정적인 면, 좋은 면, 새로운 면이 많다.

○ 편－우리 편, 이긴 편, 진 편 …

※ 맞은편, 바람 부는편에, 아래편. (여기에 쓰인 ‘편’은 불완전명사로
서 ‘방향이나 쪽’의 뜻을 나타낸다.)

6. 불완전명사적으로 쓰이는 단어들의 경우.

다음과 같은 불완전명사화한 단어들은 띄어쓴다.

길 (‘목적을 달성할수 있는 방법이나 도리’, ‘기회나 계제’의 뜻을 나
타낸다.)－

○ 가던 길에, 오던 길에, 일하던 길에 …

※ 사회주의의 길, 공업화의 길, 10월의 길, 행복의 길, 올라가는 길
보다 내려가는 길이 더 험하다… (이때의 ‘길’은 완전명사이다.)

나머지 (‘끝’의 뜻을 나타낸다.)－

○ 기쁜 나머지, 생각하던 나머지, 울던 나머지…

말 (‘앞의 사실을 강조하거나 확인하는’뜻을 나타낸다.)－

○ 그래 실패했단 말인가?

○ 구속을 받을건 없잖나 말이야!

○ 그러서 말이야!

○ 상급을 통하지 않았다니 말입니다.

바람 ('원인, 근거'의 뜻을 나타낸다.) -

○ 오자 바람으로, 가자 바람으로, 끝나자 바람으로…

○ 바람이 부는 바람에, 넘어지는 바람에, 밀려드는 바람에…

서슬에 ('어떤 행동이나 상태가 이루어지는 기세의 영향을 입어서, 또는 그 통에'의 뜻을 나타낸다.) -

○ 그가 호통을 치는 서슬에 모였던 사람들은 비실비실 뒤로 물러섰다.

셈 ('어떻게 하겠다는 생각이나 작정', '무엇과 같다고 여기는 가정' 의 뜻을 나타낸다.) -

○ 어찌할 셈인가?

○ 그렇게 할 셈 치고 보자!

○ 그럼 우리 구경한 셈 치자!

※ '반면에', '결과', '다음', '물론', '한편', '관계로', '모양', '작정', '지 경', '이상'과 같은 보조적단어들이 'ㄴ, ㄹ'형의 단어들과 어울리 는 경우에도 띄어쓴다.

○ 신문사설을 학습한 다음에 토론을 벌리었다.

○ 날씨가 무더워 죽을 지경이다.

7. 시간, 공간의 뜻을 추상적으로 나타내는 단어들의 경우.

① 시간, 공간의 뜻을 추상적으로 나타내는 '앞, 뒤, 안, 밖, 가운데, 위, 아래, 속, 밑, 옆, 곁, 끝, 때, 날, 달, 해, 동안, 다음, 사이(새)' 등 단어들이 토 없이 직접 명사, 수사, 대명사와 어울리는 경우에 는 붙여쓴다.

앞 -

○ 학교앞에서, 대렬앞에, 우리앞에, 그앞에…

가운데—

○ 학생가운데, 둘가운데, 그가운데, 이가운데…

끝—

○ 마을끝, 결심끝에, 이끝에서 저끝까지…

다음—

○ 방학다음, 그다음, 이다음…

동안—

○ 여름동안, 30년동안, 한동안, 그동안…

사이(새)—

○ 나라사이, 두 나라사이, 둘사이, 요사이, 요새…

※ 복수토 '-들'에 공간의 뜻을 나타내는 '앞, 뒤, 안, 밖, 가운데, 우,
  아래, 속, 밑, 옆, 곁' 등 단어들이 어울리는 경우에는 붙여쓴다.

○ 우리들앞에서, 그들가운데서, 학생들속에서…

② '이상, 이후, 이내, 이하, 좌우, 정도, 자리, 틈, 즉시, 순간, 이래…'
  등 단어들이 대명사와 어울리는 경우에는 띄어쓴다.

○ 이 이상, 그 이상.

이후—

○ 이 이후, 그 이후.

자리—

○ 이 자리, 그 자리.

즉시—

○ 그 즉시.

8. 동사, 형용사의 'ㄴ, ㄹ'형을 가진 명사의 몇가지 경우.

① 시간적의미를 가진 단어.

○ 간밤, 이른봄, 늦은가을, 늦은겨울, 오는해, 지난해, 묵은해, 지난

달, 지난봄, 지난여름.

② 공간적인 의미를 가진 단어.

○ 앉은자리, 선자리.

③ 자연현상을 나타내는 단어.

○ 궂은비, 모진비, 진눈, 된서리, 큰물, 마른번개.

④ 인물을 나타내는 단어.

○ 큰사람(큰일을 할만한 사람), 된사람

⑤ 언행을 나타내는 단어.

○ 큰스리, 잔소리.

⑥ 생리적현상이나 심리적현상을 나타내는 단어.

○ 선잠, 단잠, 마른기침, 밭은기침, 마른땀, 잔주름, 된시름, 마른버
짐, 진버짐, 마른옴, 뜬눈, 앉은키, 선키.

⑦ 친척관계를 나타내는 단어.

○ 큰아버지, 큰어머니, 큰아들, 큰며느리, 큰사람(큰아들, 큰손자),
큰집, 작은아버지, 작은어머니, 작은아들, 작은며느리, 작은집…

⑧ 동식물을 나타내는 단어.

○ 길짐승, 날짐승, 선버들(버들의 이름)…

⑨ 인간의 활동과 관련된 단어.

○ 궂은일, 마른일, 진일, 마른걸레질…

⑩ 생활수단이나 그 밖의 단어들.

○ 쥘손, 쥘부채, 들가방, 들것, 땔나무, 앉은뱅이저울, 고인돌, 디딜
방아, 멜빵, 검은자위, 흰자위…

○ 붉은기, 흰기, 노란기, 붉은꽃, 노랑꽃, 하얀꽃, 붉은별, 검은빛, 노
랑빛, 노란빛…

※ 그러나 다음과 같은 단어들은 띄어쓴다.

○ 큰 책상, 큰 밥상, 큰 나무, 큰 항아리, 큰 학교, 큰 병원…

○ 푸른 바다, 푸른 소나무, 붉은 해, 붉은 마음…

9. 명사가 단위명사로 쓰이는 경우.

명사 '알, 단, 묶음, 되, 말, 병, 길, 뽐, 자, 책, 자루, 마대, 포대, 수레, 사람, 계단, 조목, 구절…'은 단위명사로 쓰이므로 붙여쓴다.

○ 한알, 다섯묶음, 서말, 네병, 다섯포대, 세사람, 열조목…

※ 그러나 수사가 완전명사와 어울리는 경우에는 띄어쓴다.

○ 두 동무, 일곱 학생, 한 나라, 10억 중국인민, 천백만 인민군중, 한 부분, 한 부문, 세 부류, 다섯 종류, 여섯 성원, 두 측면, 두 방면…

※ 수사가 '입, 눈, 손, 발, 어깨…'등과 같은 인체기관의 이름과 어울리는 경우에는 붙여 쓴다.

○ 한손, 두손, 두발, 두다리, 한어깨, 두어깨, 한눈, 두귀, 한몸…

※ 수사 '한'이 '대략' 또는 '어떤, 어느'의 뜻을 나타내는 경우에는 띄어쓴다.

○ 한 사나흘 걸렸다. [대략]

○ 옛날 한 사람이 말하기를 [어떤 사람이]

※ '성상, 나이, 평생' 등과 같은 완전명사는 단위명사인 '해, 년, 살' 등과 거의 같은 뜻으로 쓰이므로 수사에 붙여쓴다.

○ 20성상, 60평생, 40나이.

※ 단위명사뒤에 오는 '나다, 되다'는 붙여쓴다.

○ 8살나는 해, 서른살되는 해, 60세되었다, 20㎞되는 지점…

※ 수사뒤에 오는 '내지'는 붙여쓰고 단위명사뒤에 오는 '내지'는 띄어쓴다.

○ 20내지 30명

○ 20명 내지 30명

10. 대명사 '제'가 다른 단어와 어울리는 경우.

① 대명사 '제'가 자기의 구실을 못하고 명사어근이나 부사와 어울려서 단어의 뜻을 강조하거나 다른 품사를 이룰적에는 붙여쓴다.
○ 제각기, 제김에 , 제대로, 제바람에, 제아무리… [부사의 경우]
○ 제그장, 제구실, 제노릇, 제바닥, 제법, 제자리, 제자리걸음, 제딴, 제시간, 제앞가림… [명사의 경우]
② '제'가 '저'의 속격형으로 씌어 명사와 어울리는 경우에는 띄어쓴다.
○ 제(저의) 발등을 까다. 제(저의) 코도 못씻다, 제(자가의) 궤도에 들어섰다. 제(저의) 생각, 제(저의) 소원대로, 제(자기의) 힘…

11. 자립적동사와 보조적동사의 경우.

조선어에서 적잖은 동사들이 두가지 기능을 가지고있어 때로는 자립적동사로 쓰이고 때로는 보조적동사로 쓰이기때문에 띄어쓰기에 주의를 돌려야 한다.
① 보조적동사가 '－아, －어, －여, －아다, －어다, －여다 ' 형의 동사와 어울리는 경우에는 붙여쓴다.
가다 ('행동의 진행'을 나타낸다.)－
○ 저굴어가다, 젊어가다, 짙어가다, 만들어가다, 발전하여가다, 수습하여가다.
△ 공장으로 가다, 학교로 가다, (자립적 의미)
가지다 ('가지고' 형으로 쓰이어 '－아서, －어서, －여서'의 뜻을 세게 나타낸다.)－
○ 분석하여가지고, 조직하여가지고, 기분이 좋아가지고…
△ 책을 가지고 가다, 물건을 가지다. (자립적의미)
계시다 ('있다'의 존칭. '상태가 계속됨'을 나타낸다.)－

○ 앉아계시다, 서계시다, 누워계시다…

△ 집에 계시다, 공장에 계시다. (자립적의미)

나다 (그 동사가 뜻하는 동작을 여러번 겪거나 치르다.)—

○ 견디어나다, 벗어나다, 일어나다, 버티어나다, 꽃피어나다…

△ 소문이 나다, 이름이 나다. (자립적의미)

놓다 ('그 동작을 끝내거나 또는 끝낸 상태를 지속함'을 나타낸다.)—

○ 갈아놓다, 갖추어놓다, 털어놓다, 까놓다, 쌓아놓다, 배치해놓다…

△ 책상위에 책을 놓다. (자립적의미)

내다 ('행동의 끝냄'을 나타낸다.)—

○ 막아내다, 견디어내다, 읽어내다, 이겨내다, 생산해내다, 지탱해내다.

△ 거름을 내다, 힘을 내다. (자립적의미)

다오, 달라 ('그 동작을 하여줄것을 요구하거나 청하는'뜻을 나타낸
     다.)—

○ 그려다오, 도와다오, 보여다오, 읽어다오, 그려달라, 도와달라, 보
  여달라, 읽어달라…

△ 책을 좀 다오, 종이를 좀 달라 (자립적의미)

두다 ('그 동사가 뜻하는 동작이나 행동의 결과를 그대로 보존함'을
     나타낸다.)—

○ 적어두다, 이야기하여두다, 새겨두다, 잠가두다, 기억해두다…

△ 집에 책을 두다, 햇솜을 두툼히 둔 포단, 중점을 두다, 염두에 두
  다. (자립적의미)

드리다 (남을 높이여 '무엇을 하여주다'의 뜻을 나타낸다.)—

○ 가리켜드리다, 도와드리다, 베껴드리다, 방조해드리다…

△ 감사를 드리다, 문안을 드리다, 영광을 드리다, 인사를 드리다.
  (자립적의미)

대다 ('동작의 정도가 심함'을 나타낸다.)—

○ 놀아대다, 먹어대다, 써대다, 웃어대다, 울어대다…

△ 구실을 대다, 붓을 대다. (자립적의미)

먹다 (버리다, 치우다, 내다, 배기다'의 뜻을 나타낸다.)-

○ 잊어먹다, 망쳐먹다, 글러먹다, 틀려먹다, 놀아먹다, 견디어먹다…

△ 밥을 먹다, 사과를 먹다, 마음을 먹다, 나이를 먹다, 버짐이 먹다, 칠이 먹지 않는다. (자립적의미)

버리다 (동사가 나타내는 행동을 '완전히 끝내고 맒'을 나타낸다.)-

○ 놓아버리다, 먹어버리다, 쓸어버리다, 씻어버리다, 쫓아버리다, 소탕해버리다, 숙청해버리다.

△ 쓰레기를 버리다. (자립적의미)

보다 (어떤 행동을 '시험삼아 하다'의 뜻을 나타낸다.)-

○ 먹어보다, 물어보다, 살펴보다, 튕겨보다, 실험해보다, 운동하여보다…

△ 책을 보다, 영화를 보다. (자립적의미)

주다 ('상대편을 위하여 그 동작을 함'을 나타낸다.)

○ 배의주다, 돌봐주다, 읽어주다, 가져다주다, 관심해주다, 생각해주다, 조직해주다…

△ 책을 주다, 상을 주다, 과업을 주다, 해를 주다. (자립적의미)

치다 ('행동을 힘주어함'을 나타낸다.)-

○ 돌아치다, 몰아치다, 볶아치다…

△ 떡을 치다, 소리를 치다, 뺨을 치다. (자립적의미)

치우다 ('해버리거나 해내다'를 강조하여 이르는 말이다.)-

○ 막아치우다, 먹어치우다, 해치우다, 재껴치우다, 없애치우다…

△ 책을 치우다, 마루를 치우다, 하던 일을 치우다. (자립적의미)

오다 ('행동의 진행'을 나타낸다.)-

○ 보아오다, 맡아오다, 읽어오다, 일하여오다, 발전해오다, 침략해오다, 침범해오다…

△ 눈이 오다, 차가 오다. (자립적의미)

올리다 (남을 높이여 '무엇을 하여주다'의 뜻을 나타낸다.)-

○ 읽어올리다, 적어올리다, 찾아올리다…

△ 깃발을 올리다, 성과를 올리다, 말씀을 올리다. (자립적의미)

있다 ('상태가 계속됨'을 나타낸다.) −

○ 적혀있다, 앉아있다, 서있다, 누워있다, 남아있다…

△ 책이 있다, 회의가 있다. (자립적의미)

② '-아, -어, -여'형이 아닌 다른 형뒤에서도 보조적으로 쓰인 동사
　나 형용사는 붙여쓴다.

싶다 ('그렇게 하였으면 하는 의욕'을 나타낸다.) −

※ '싶다'는 보조적으로만 쓰이어 '-아, -어, -여 ′ 형이 아닌 형의
　뒤에서만 쓰이므로 언제나 앞의 단어에 붙여쓴다.

ㄱ) '-고'형의 뒤에

○ 가고싶다, 보고싶다, 읽고싶다…

ㄴ) '-ㄴ가, -는가, -ㄹ가, -ㄴ상, -ㄹ상' 형의 뒤에

○ 읽는가싶다, 오는가싶다, 묻는가싶다, 기술자인상싶다, 올상싶다…

ㄷ) '-면' 형의 뒤에

○ 읽어보았으면싶어서, 먹었으면싶어서…

ㄹ) '-다, -나, -냐, -라, -듯' 형의 뒤에

○ 이제는 댔다싶었다, 일이 생겼나싶어서, 언제했더냐싶어서, 기적
　이라싶다, 고무하는듯싶다.

ㅁ) '-다'형의 뒤에

○ 아시다시피, 보다시피…

말다 −

※ '말다'는 '-아, -어, -여' 형의 아닌 다른 형뒤에서만 쓰인다.

ㄱ) '-고, -고야' 형의 뒤에

○ 승리하고말것이다, 승리하고야말것이다.

ㄴ) '-고, -다'형의 뒤에

○ 오고말고, 가고말고, 웃고말고…

기쁘다마다, 희다마다, 하다말고…

ㄷ) '-자'형의 뒤에

○ 나가자마자, 들자마자, 들어서자마자…

ㄹ) '-거나말거나', '-나마나', '-든지말든지', '-ㄹ가말가', '-ㄹ지말지'
   등과 같은 거듭되는 구조에서 쓰일 때

○ 가거나말거나, 하나마나, 읽든지말든지, 볼가말가, 갈지말지…

ㅁ) 체건이 직접 '말고'와 어울릴 때

○ 생각말고, 형님말고, 오빠말고…

※ 그러나 '-지'아래에서 부정하거나 금지의 뜻을 나타낼 때는 띄어
   쓴다.

○ 그러지 말아라!

○ 부탁을 절대 잊지 말아라!

보다-

ㄱ) '-다, -다가' 형의 뒤에

○ 되다보니, 가다보니, 서두르다가보니, 놀다가보니…

ㄴ) '-ㄴ가, -는가, -ㄹ가, -나' 형의 뒤에

○ 읽을가보다(봐), 물결이 세찬가보다, 먼저 갈가보다(봐), 누가 찾
   아왔댔나보다…

ㄷ) '-고'형의 뒤에

○ 알고보니, 지나고보니, 세워놓고보니, 두고보자, 놓고보더라도…

나다-

ㄱ) '-다, -다가'형의 뒤에

○ 쓰다나니, 먹다나니, 듣다나니, 돌아다니다가나면…

ㄴ) '-고'형의 뒤에

○ 구경하고난 뒤, 학습이 끝나고나서…

있다 ('계시다')-

ㄱ) '-고'형의 뒤에

○ 읽고있다, 쓰고있다, 보고있다, 읽고계시다, 쓰고계시다, 보고계시다…

12. '-아, -어, -여' 형의 동사나 형용사가 잇달아 있을 경우.

① 잇달린 전체가 하나의 단위로 되는 경우엔 붙여쓴다.

○ 기어넘어가다, 나다녀버릇하다, 나돌아다녀버릇하다, 돌아다녀버
  릇하다, 밀어맡겨두다, 톺아올라가다, 파헤쳐나가다, 꽃피워나가
  다, 싸워나가다…

② 잇달린 전체가 하나의 단위로 되지 않는 경우에는 그 행동의 단
  위에 따라 띄어쓴다.

○ 기어넘어가 살펴보다, 기어넘어가 집어던지다, 톺아올라가 꺾어오
  다, 비끄러매여 쌓아올려놓다.

13. 자립적인 동사들이 어울려 하나의 단위로 굳어진 경우.

○ 걸고들다, 놀고먹다, 들고뛰다, 들고빼다, 들고일어나다, 물고뜯다,
  밀고나가다, 차고넘치다, 캐고들다, 타고나다, 털고나앉다, 파고들
  다, 뚫고나가다, 안고돌아가다, 안고돌아치다, 안고뭉개다, 안고방
  아찧다, 웃고달려붙다, 웃고접어들다…

14. 도움토, 꾸밈토, 접속토, 종결토 뒤에 '하다', '되다'가
오는 경우.

○ 노력하기만 한다면, 웃기까지 하다, 가수이기도 하다. [도움토뒤에서]
○ 읽게 하다, 보게 되다, 가도록 하다, 일하도록 되다. [꾸밈토뒤에서]
○ 가든지 하다, 가거나 하다, 떠나려 하다, 보고자 하다, 가기로 하다,
  잘하여야 한다, 가군 한다. [접속토뒤에서]

○ 오른다 하여도(해도), 오리라 한다, 가는가 하는것은… [종결토뒤에서]

15. 명사에 동사나 형용사가 직접 어울려서 하나의 단어로 되는 경우.

① 명사어근에 직접 '하다, 되다, 시키다'가 어울려 동사로 되는 경우에는 붙여쓴다.

○ 사업하다, 학습하다, 혁명하다, 일하다, 발달되다, 폭로되다, 단결되다, 번식되다, 발전시키다, 무장시키다, 해산시키다.

※ 이런 단어들에 대격토(-를/-을), 도움토(-도, -만, -까지)가 끼일 때는 띄어쓴다.

○ 건설을 하다. [대격토]

○ 건설도 한다. [도움토-포함의 뜻]

○ 건설만 한다. [도움토-한정의 뜻]

※ 명사들이 토 없이 겹쳐 쓰인것뒤에 '하다, 되다, 시키다'가 직접 어울려 동사화된 것은 붙여쓴다.

○ 조직동원하다, 선전선동하다, 향상발전하다, 일치단결하다, 조직전개되다, 분석종합되다, 조직동원시키다. ('하다, 되다, 시키다'가 그 앞의 명사부분들에 각각 관계되는것들)

○ 공고발전하다 (공고화하다, 발전하다)
공고발전되다 (공고화되다, 발전되다)
공고발전시키다 (공고화시키다, 발전시키다)

○ 감개무량하다, 사기충천하다, 기세당당하다, 시기적절하다. ('하다'가 그앞의 명사들에 각각 관계되지 않는것들)

※ 명사어근에 '되다(된)'가 직접 붙어서 '로서의'(자격의 뜻으로) 뜻으로 쓰이는 경우에는 붙여쓴다.

○ 교원된 긍지감, 부모된 책임감, 주인된 자랑…

　그러나 의미상 다른 단위와 결합하는 경우에는 띄어쓴다.

○ 인민의 교원 된 긍지감

　나라의 주인 된 자랑

② 명사어근에 직접 '받다, 맞다, 입다, 당하다, 보다' 등이 어울려 피
　동성을 나타내는 경우에는 붙여쓴다.

－받다

○ 교육받다, 훈련받다, 압박받다, 착취받다, 표양받다.

－맞다

○ 매맞다, 주사맞다, 벼락맞다.

－입다

○ 은혜입다, 부상입다, 손해입다.

－당하다

○ 모욕당하다, 학살당하다, 강요당하다.

－보다

○ 이익보다, 욕보다, 손해보다.

※ 이런 단어들에 대격토(－를/－을), 도움토(－도, －만, －까지)가 낄 때
　는 띄어쓴다.

○ 교육을 받다. [대격토]

○ 교육도 받다. [도움토－포함의 뜻]

○ 교육만 받다. [도움토－한정의 뜻]

③ 명사에 직접 '겹다, 궂다, 맞다, 적다, 지다, 어리다' 등이 어울려
　서 형용사를 이루는 경우에는 붙여쓴다.

－겹다

○ 흥겹다(흥에 겨운), 눈물겹다(눈물에 겨운), 정겹다.

－궂다

○ 심술궂다, 버릇궂다, 험상궂다, 떼궂다, 얄망궂다.

180

- 맞다
○ 능청맞다, 방정맞다.
- 적다(쩍다)
○ 맛쩍다, 열적다, 멋쩍다, 미심쩍다.
- 지다
○ 멋지다, 살지다, 후미지다, 오달지다.
- 어리다
○ 근심어리다, 눈물어리다, 지성어리다, 웃음어리다.
④ 명사부분과 동사부분의 어근의 뜻이 같거나 비슷한것은 붙여쓴다.
○ 그림그리다, 금긋다, 걸음걷다, 숨쉬다, 신신다, 셈세다, 잠자다,
  짐지다, 춤추다, 꿈꾸다, 뜸뜨다…
⑤ 명사어근에 직접 '부리다, 지다, 짓다, 치다, 피우다, 떨다' 등이
  어울려서 동사를 이루는 경우엔 붙여쓴다.
- 부리다
○ 말썽부리다, 심술부리다, 어리광부리다, 꾀부리다, 엄살부리다, 익
  살부리다…
- 지다
○ 가물지다 그늘지다, 노을지다, 네모지다, 덩굴지다, 살얼음지다,
  얼룩지다…
- 짓다
○ 매듭짓다, 총결짓다, 웃음짓다, 이름짓다…
- 치다
○ 굽이치다, 도망치다, 물결치다, 번개치다, 소리치다, 헤엄치다, 야
  단치다…
- 피우다
○ 심술피우다, 재간피우다, 재롱피우다…
- 떨다

○ 방정떨다, 엄부럭떨다…

⑥ 일반적으로 고유어어근에 직접 '있다', '없다' 등이 어울려 추상적
  인 뜻을 나타내는 경우에는 붙여쓴다.

－있다

○ 맛있다, 멋있다, 무게있다, 믿음성있다, 보람있다, 실속있다, 생기
  있다, 힘있다…

－없다

○ 대중없다, 맛없다, 멋없다, 무게없다, 보람없다, 사정없다, 실속없
  다, 생기없다, 힘없다, 하염없다, 영낙없다, 어이없다…

⑦ 일반적으로 고유어어근에 직접 '같다, 나다, 사납다, 차다, 좋다'
  등이 어울려 추상적인뜻을 나타내는 경우에는 붙여쓴다.

－같다 (명사뿐만 아니라 수사, 대명사 경우에도 붙여쓴다.)

○ 금싸래기같다, 납덩이같다, 샛별같다, 승냥이같다, 호랑이같다, 그
  같다(그같은 사람), 하나같다.

※ 그러나 '등등'과 같은 뜻으로 쓰이거나 그앞에 규정어가 오는 경
  우에는 띄어쓴다.

○ 사과나 복숭아 같은 과일이 많이 난다. ['등등'의 뜻으로 쓰인 경우]

○ 징그런 뱀 같은 그 놈은… [그앞에 규정어가 오는 경우]

－나다

○ 맛나다, 못나다, 빛나다, 잘나다, 엄청나다, 유별나다…

－사납다

○ 눈꼴사납다, 모양사납다, 볼꼴사납다, 볼썽사납다…

－차다

○ 담차다, 줄기차다, 아름차다, 옹골차다, 우렁차다, 위엄차다…

－좋다

○ 반죽좋다, 배심좋다, 사이좋다, 주눅좋다…

⑧ 명사어근에 기타 동사나 형용사가 직접 어울려 하나의 동사나 형

용사처럼 쓰이는 다음과 같은 것들도 붙여쓴다.
- ○ 더위먹다, 추위타다, 여름타다, 논풀다, 논삶다, 마음먹다, 눈팔다, 속타다, 낯설다, 산설다, 일삼다, 말씀드리다, 인사올리다…
- ○ 철늦다, 철맞다, 철잃다, 때이르다, 때늦다, 철이르다…
- ○ 비으다, 눈내리다, 안개끼다, 꽃피다, 움트다, 싹트다, 해지다, 해뜨다…
- ○ 눈부시다, 고집세다, 속시원하다, 숨가쁘다, 남부끄럽다, 남부럽다, 목숨걸다, 마음놓다…
- ○ 감회깊다, 웅심깊다, 류다르다, 발맞추다, 밥먹다, 마음붙이다…
- ※ 이상의 일부 단어들에서와 같이 추상적 단어로 쓰이는 경우에는 붙여쓰고 구체적단어로 쓰이는 경우에는 띄어쓴다.
- ○ 꽃피다 [추상적단어]

   진달래꽃 피다, 함박꽃 피다… [구체적단어]
- ○ 꽃팔다 [추상적단어]

   진달래꽃 팔다, 함박꽃 팔다… [구체적단어]

16. 부사에 동사나 형용사가 어울리는 경우.

① 부정을 나타내는 부사 '못, 아니, 안'이 '하다, 되다, 시키다'와 직접 어울리는 경우에는 붙여쓴다.
- ○ 못하다, 못되다, 못시키다, 다하다, 다되다, 다시키다.
- ○ 아니하다, 아니되다, 아니시키다, 안하다, 안되다, 안시키다.
② 부사 '못, 안'이 고유어로 이루어진 동사나 형용사와 어울리는 경우에도 붙여쓴다.
- ○ 못나다, 못다하다, 못미덥다, 못살다, 못생기다, 못쓰다, 못이기다.
- ○ 못간다, 못먹는다, 못입는다.
- ※ 그러나 다음과 같은 경우에는 띄어쓴다.

○ 못 학습한다.

　아니 학습한다.

　안 학습한다. [한자어로 이루어진 단어앞에서]

○ 못다 읽는다, 못다 먹는다…

③ 부사 '잘, 더, 덜'은 '하다, 되다, 시키다'와 어울리는 경우에는 붙여쓰고 다른 동사와 어울리는 경우에는 띄어쓴다.

○ 잘하다, 더하다, 덜하다, 잘되다, 더되다, 덜되다, 잘시키다, 더시키다, 덜시키다.

△ 잘 쌓는다, 더 올리다, 덜 온다.

※ 그러나 하나의 단위로 굳어진 다음과 같은 것은 붙여쓴다.

○ 잘살다, 잘생기디.

17. 부사끼리 직접 어울리는 경우.

① 뜻이 서로 같은 부사를 겹쳐쓰는 경우.

○ 가끔가끔, 거듭거듭, 고루고루, 그득그득, 너무너무, 더욱더욱, 차츰차츰, 높이높이, 다시 다시…

② 뜻이 서로 비슷한 부사를 겹쳐쓰는 경우.

○ 다같이, 더더욱, 더더구나, 더한층, 모두다, 또다시, 똑같이, 다시 한번…

③ 뜻이 서로 맞서는 부사를 겹쳐쓰는 경우.

○ 가로세로, 그럭저럭, 그렁저렁, 얼기설기, 허둥지둥, 이리저리, 이래저래…

18. 명사나 대명사에 부사가 어울리는 경우.

명사나 대명사에 부사 '가득, 같이, 깊이, 높이, 듬뿍, 뿌듯이, 없이' 등

184

이 직접 어울려서 부사를 이루었거나 부사처럼 쓰이는것은 붙여쓴다.

○ 가슴가득, 기쁨가득…

강철같이, 납덩이같이, 번개같이, 벼락같이, 샛별같이, 꽃같이, 쏜살같이, 그같이, 이같이 한사람같이…

가슴깊이, 심장깊이…

소리높이, 긍지높이…

가슴듬뿍, 가슴뿌듯이…

그칠새없이, 볼새없이, 할수없이, 하는수없이, 너나할것없이, 누구라없이, 누구에게라없이, 두말없이, 두말할것없이, 물샐틈없이, 별일없이, 쓸데없이, 아무말없이, 어데라없이, 의지가지없이…

※ 다음과 같은 것도 붙여쓴다.

○ 눈깜작새, 눈끔적사이, 눈깜박사이…

19. 부사적으로 쓰이는 단어들의 경우.

계속-

○ 계속 일한다, 계속 학습한다, 계속 전진한다.

△ 계속혁명, 계속전진, 계속항해.

적극(적극적으로)-

○ 적극 노력한다, 적극 지지한다.…

△ 적극분자, 적극적방어

절대(절대로)-

○ 절대 지체해서는 안된다.

절대 용허할 수 없다.

△ 절대값, 절대다수, 절대적.

직접-

○ 직접 만나다.

직접 노동에 참가하다.

△ 직접노동(간접노동), 직접보어, 직접선가.

호상—

○ 호상 지지하다.

　호상 전화하다.

△ 호상전화, 호상방위조약.

※ '비교적'은 부사로서 띄어써야 한다.

○ 비교적 좋다.

　비교적 안전하다.

20. 관형사와 관형사가 접두사적으로 쓰이는 경우.

※ 관형사는 관형사로만 쓰이는것과 접두사적으로도 쓰이는 것이 있
　다. 관형사로 쓰이는 경우엔 띄어쓰고 접두사적으로 쓰이는 경우
　에는 붙여써야 한다.

각(各)—

○ 각 공장, 각 기관, 각 학교, 각 성(省), 각 시(市), 각 국(局)…

△ 각가지, 각국, 각급, 각계각층, 각방, 각살림, 각종, 각처(에 떠돌아
　다니다), 각층, 각파, 각항.

갖은—

○ 갖은 노력, 갖은 방법, 갖은 형식, 갖은 음모술책…

△ 갖은자.

고까짓—

○ 고까짓 과일, 고까짓 물건, 고까짓 일…

△ 고까짓것.

그까짓—

○ 그까짓 과일, 그까짓 물건, 그까짓 일…

△ 그까짓것.

근(近)―

○ 근 절반, 근 10배, 근 열흘, 근 100리, 근 반세기…

△ 근거리, 근교, 근년.

긴긴―

○ 긴긴 여름날, 긴긴 겨울밤, 긴긴 세월…

△ 긴긴날, 긴긴낮, 긴긴밤, 긴긴해.

귀(貴)―

○ 귀 국가, 귀 당, 귀 정부, 귀 출판사, 귀 학교…

△ 귀금속, 귀공자, 귀동딸, 귀동이, 귀부인.

단(單)―

○ 단 두사람, 단 하나, 단 사흘동안, 단 하루…

△ 단간, 단마디, 단모금, 단발, 단방, 단벌, 단선, 단식구.

동(同)―

○ 동 공장, 동 학교, 동 병원.

△ 동교, 동년, 동기생, 동고향.

대(對)―

○ 대 미국관계, 대 프랑스관계…

△ 대독강화조약.

련(連)―

○ 련 다섯번, 련 사흘째, 련 엿새동안…

만(滿)―

○ 만 18세, 만 15년, 만 일주일…

모(某)―

○ 모 공장, 모 기관, 모 학교, 모 부대…

△ 모교, 모부.

모든―

○ 모든 계획, 모든 분야, 모든 종류, 모든 학생…

몹쓸―

○ 몹쓸 사람, 몹쓸 장난…

△ 몹쓸노릇, 몹쓸짓.

무슨―

○ 무슨 물건, 무슨 바람, 무슨 사람, 무슨 책, 무슨 언짢은 일, 무슨
   좋은 일…

매(每)―

○ 매 공장, 매 직장, 매 작업반, 매 학교, 매 학급마다, 매 하나의…

△ 매개, 매개인, 매년, 매번, 매사람, 매차, 매회, 매한가지, 매일, 매
   일반, 매월.

맨 ('가장'의 뜻을 나타낸다.)―

○ 맨 아래층, 맨 윗자리, 맨 윗층…

△ 맨나중, 맨뒤, 맨마감, 맨먼저, 맨밑, 맨처음, 맨꽁무니, 맨끝, 맨아
   래, 맨앞.

맨 ('순전하게 다만 한가지뿐인', '다른것이 없이 온통 그것뿐인', '아
    주 흔할 정도로 온통'의 뜻을 나타낸다.)―

○ 맨 소나무뿐, 맨 과일나무뿐, 맨 사람들, 맨 좋은 소식…

△ 맨눈, 맨머리, 맨몸, 맨몸뚱이, 맨발, 맨손, 맨바닥, 맨발바닥, 맨밥,
   맨봉당, 맨손바닥, 맨주먹, 맨땅, 맨땅바닥, 맨뜨물, 맨이밥, 맨입.

바른 ('오른'의 뜻과 같다.)―

※ 관형사 '바른'은 붙여쓴다.

△ 바른길, 바른다리, 바른손, 바른손잡이, 바른팔, 바른쪽.

별(別)―

○ 별 흥미, 별 망측한 소리 , 별 이상한 소리…

△ 별걱정, 별것, 별구경, 별궁리, 별노릇, 별놈, 별도리, 별말, 별말씀,
   별맛, 별문제, 별사건, 별사람, 별소리, 별수단, 별생각, 별세계, 별세

188

상, 별짓, 별재간, 별재주, 별차이, 별천지, 별책, 별탈, 별꼴, 별일.

별별(別別)－

○ 별별 일용품, 별별 이야기, 별별 애로, 별별 새로운 품종, 별별 공업제품…

△ 별별노릇, 별별짓.

별의별－

○ 별의별 물건, 별의별 이야기, 별의별 기계부속품…

본(本)－

○ 본 기관, 본 대학, 본 학교, 본 연구소, 본 성(省), 본 시(市)…

△ 본값, 본고장, 본고향, 본곳, 본국, 본길, 본과, 본마음, 본맘, 본맛, 본모습, 본문, 본문제, 본밑천, 본바닥, 본바탕, 본정신, 본주민, 본집, 본토배기, 본뜻, 본얼굴, 본이름, 본임자.

불과(不過)－

○ 불과 여나문 사람, 불과 20여명, 불과 3년동안, 불과 며칠…

순(純)－

○ 순 거짓말, 순 알맹이, 순 이론적문제, 순 못된 놈, 순 인조견…

△ 순이득, 순이익, 순이익금, 순생산액, 순정률, 순청색.

새－

○ 새 교과서, 새 기와집, 새 나라, 새 역사, 새 상점, 새 주임(이 오셨다), 새 책상, 새 학교, 새 이층집…

△ 새각시, 새것, 새길, 새날, 새달, 새말, 새맛, 새며느리, 새봄, 새사람, 새살, 새살림, 새삶, 새서방, 새신랑, 새색시, 새집, 새형, 새힘, 새해, 새해맞이, 새땅, 새싹, 새아주머니, 새아침, 새옷, 새움, 새잎, 새장정돌격대…

저까짓－

○ 저까짓 물건, 저까짓 일…

△ 저까짓것.

전(前)-

○ 전 작업반 반장, 전 우리 학교 선생님…

△ 전날, 전남편, 전년, 전반생, 전학기.

전(全)-

○ 전 인민적, 전 세계사적, 전 공장 노동자들, 전 군중적운동, 전 성
  군민들, 전 시 인민들, 전 주 지식청년들…

△ 전국, 전군, 전당, 전민, 전교, 전세계…

조까짓-

○ 조까짓 물건, 조까짓 일…

△ 조까짓것.

지지난 ('지난번보다 한번 더 지난'의 뜻을 나타낸다.)-

○ 지지난 일요일.

△ 지지난달, 지지난밤, 지지난번, 지지난해.

제(諸)-

○ 제 국가, 제 문제, 제 조건…

△ 제국, 제설, 제법, 제형.

제까짓-

○ 제까짓 말, 제까짓 재간, 제까짓 힘…

△ 제까짓것.

첫-

○ 첫 이틀동안, 첫 닷새동안, 첫 사회주의국가, 첫 5개년계획…(단
  어결합앞에서는 띄어쓴다)

△ 첫가물, 첫가을, 첫걸음, 첫겨울, 첫공정, 첫교대, 첫국밥, 첫길, 첫
  나들이, 첫날, 첫낮, 첫눈, 첫닭, 첫닭울이, 첫더위, 첫돌, 첫돐, 첫
  대면, 첫대목, 첫마디, 첫막, 첫맛, 첫머리, 첫무대, 첫물, 첫발, 첫
  발자국, 첫밥, 첫번, 첫보기, 첫봄, 첫배, 첫사랑, 첫삽, 첫상봉, 첫
  서리, 첫속도, 첫손, 첫손가락, 첫손자, 첫솜씨, 첫술, 첫시기, 첫시

작, 첫새벽, 첫자리, 첫잠, 첫장마, 첫정, 첫젖, 첫차, 첫추위, 첫출발, 첫코, 첫판, 첫해, 첫딸, 첫아들, 첫아침, 첫아이, 첫어구, 첫얼음, 첫여름, 첫열매, 첫울음, 첫이레, 첫인상, 첫입, 첫애기.

총(總)-

○ 총 양곡수확고, 총 세계인구, 총 동맹파업, 총 3만여근, 총 5만여원… (단어결합앞에서는 띄어쓴다.)

△ 총결산, 총공격, 총공세, 총계획, 총돌격, 총동원, 총역량, 총영사관, 총노선, 총목록, 총반격, 총방향, 총비서, 총설계도, 총수확고, 총수입, 총생산량, 총지휘자, 총진군, 총재산, 총참모부, 총출동, 총책임, 총파업, 총인구.

한낱-

○ 한낱 애송이로만 여기던, 한낱 평범한 일꾼, 한낱 속임수에 지나지 않는다…

한다는-

'한다ㅎ-는'의 준말이다.

한다하는-

○ 한다하는 장정, 한다하는 씨름꾼, 한다하는 철남이…

허튼('쓸데없는, 또는 되지못한'의 뜻을 나타낸다.)-

○ 허튼 손장난…

△ 허튼고래, 허튼말, 허튼소리, 허튼수작, 허튼장난, 허튼짓.

현(現)-

○ 현 국제정세, 현 국내정세, 현 국제국내정세, 현 생활상태, 현 경제형편…

현 생활상태, 현 경제형편… (단어결합앞에서는 띄어쓴다.)

△ 현사태, 현상태, 현시기, 현시대, 현정세, 현주소.

딴-

○ 딴 방법, 딴 책, 딴 학교, 딴 좋은 방도, 딴 성, 딴 현, 딴 시, 딴

부대…

△ 딴가마, 딴짓, 딴마음, 딴말, 딴맛, 딴살림, 딴소리, 딴솥, 딴숨, 딴생각, 딴짓, 딴집살이, 딴청, 딴채, 딴판, 딴표, 딴꿈, 딴이름.

약(約)—

○ 약 2미터, 약 3원가량, 약 10곱…

어느—

○ 어느 나라, 어느 사람, 어느 장단에, 어느 학교…

△ 어느것, 어느결에, 어느겨를에, 어느곳, 어느날, 어느달, 어느해, 어느새, 어느사이, 어느 때.

여느—

○ 여느 사람, 여느 학생, 여느 집…

△ 여느것, 여느날, 여느달, 여느해, 여느때.

여러—

○ 여러 공장, 여러 직장, 여러 전사, 여러 학생, 여러 사람, 여러 방면…

△ 여러가지, 여러갈래, 여러날, 여러달, 여러모, 여러분, 여러차례, 여러해.

오른—

※ 관형사 '오른'은 붙여쓴다.

△ 오른걸음, 오른기슭, 오른나사, 오른다리, 오른발, 오른섶, 오른손잡이, 오른켠, 오른팔, 오른편, 오른짝, 오른쪽.

온—

○ 온 나라, 온 마을, 온 공장, 온 학교, 온 세상 사람, 온 이틀동안…

△ 온가지, 온데, 온몸, 온밤, 온종일, 온폭, 온힘, 온해.

온갖—

○ 온갖 낡은것, 온갖 소리, 온갖 수단, 온갖 새, 온갖 형태…

옹근-

○ 옹근 하루, 옹근 이틀동안, 옹근 짐짝…

△ 옹근가림, 옹근달가림, 옹근소리표, 옹근수, 옹근식, 옹근장, 옹근
해가림.

요까짓-

○ 요까짓 물건, 요까짓 일…

△ 요까짓것.

이까짓-

○ 이까짓 물건, 이까짓 일…

△ 이까짓것.

일대(一大) ('하나의 큰', '하나의 굉장한'의 뜻을 나타낸다.)-

○ 일대 경사가 일어나다, 일대 비약이 일어나다, 일대 혁신이 일어
나다…

옛-

○ 옛 고향친구, 옛 문화유물… (단어결합앞에서는 띄어쓴다.)

△ 옛글, 옛길, 옛날이야기, 옛날책, 옛동무, 옛말, 옛말책, 옛모습, 옛
성터, 옛적, 옛청, 옛집, 옛추억, 옛친구, 옛터, 옛풍, 옛꿈, 옛싸움
터, 옛이야기, 옛일.

외딴-

○ 외딴 산골짜기, 외딴 지방, 외딴 초소…

△ 외딴방, 외딴집, 외딴뜸.

왼-

※ 관형사 '왼'은 붙여쓴다.

△ 왼걸음, 왼고개, 왼기슭, 왼길, 왼낫, 왼눈, 왼다리, 왼발, 왼삽질,
왼섶, 왼손, 왼손잡이, 왼새끼, 왼켠, 왼팔, 왼씨름, 왼짝, 왼쪽.

원(原)-

○ 원 계획초안, 원 생산계획… (단어결합앞에서는 띄어쓴다.)

△ 원가지, 원길, 원단위, 원몸, 원방정식, 원산지, 원상태, 원식(原式),
　원식구, 원주민, 원자재.

웬-

○ 웬 사람, 웬 일이냐, 웬 낯선 젊은이…

※ 지난날 관형사로 인정하던 '제(第)'(차례의 뜻)는 지금 접두사로
　인정하여 붙여쓴다.

○ 제1차, 제3장, 제1방면군…

21. 관형사적으로 쓰이는 단어들의 경우.

다음 단어들은 원래 명사이지만 문장가운데서 관형사적으로 쓰이므
로 다음 단어와 띄어쓴다.

각국-

○ 각국 인민, 각국 노동자, 각국 학교 학생들…

각급-

○ 각급 학교, 각급 행정기관…

각종-

○ 각종 활동, 각종 기술강습반…

각지-

○ 각지 주둔군, 각지 해방군…

각항-

○ 각항 정책, 각항 규정…

기타-

○ 기타 지방, 기타 노동력, 기타 항목…

당면-

○ 당면 국내정형, 당면 국제국내정형, 당면 생산정형…

목전-

○ 목전 국내정세, 목전 교육개혁정형…

매개 -

○ 매기 공장마다, 매개 학교마다…

대부분 -

○ 대부분 사원들, 대부분 종업원들…

소부분 -

○ 소부분 기업소들, 소부분 인원들…

전반 -

○ 전반 국세, 전반 문제, 전반 사회경제…

전체 -

○ 전체 학생들, 전체 노동자들…

제반 -

○ 제탄 정책, 제반 활동…

최근 -

○ 최근 국내정세, 최근 생산정형…

현하 -

○ 현하 사회동태…

해당 -

○ 해당 학교, 해당 기관, 해당 부문…

유관 -

○ 유관 행정기관, 유관 집행기관, 유관 생산소비부문, 유관 의료부
   문, 유관 학교…

일부 -

○ 일부 공장, 일부 직장, 일부 학교…

일부분 -

○ 일쿠분 직장동료들, 일부분 사원들…

일체 -

○ 일체 방법을 다하다, 일체 노력을 다 바치다…

22. 뜻이 같거나 비슷하거나 맞서는 동사, 형용사가
겹쳐쓰이는 경우.

① 토 '-거나, -거니, -건, -고, -나, -느니, -네, -다, -도, -든, -디, -리,
   -자' 등이 끼이는 동사, 형용사가 겹쳐쓰이는 경우에는 붙여쓴다.
○ 가거나오가나, 오르거나내리거나, 자거나깨거나…
   주거니받거니, 겯거니틀거니…
   보건말건, 오건말건, 읽건말건…
   높고낮은, 두고두고, 좋고나쁘건, 옳고그르건…
   가나오나, 자나깨나, 앉으나서나, 크나큰…
   가느니오느니, 나느니드느니…
   가네오네, 쓰네마네, 하네마네…
   왔다갔다, 이랬다저랬다, 높았다낮았다…
   가도가도, 읽어도읽어도…
   가든오든, 앉든서든, 이렇든저렇든…
   다디단, 쓰디쓴, 높디높은…
   갈리말리, 읽으리말리, 떠나리말리…
   가자가자, 보자보자…
② '둥, 듯, 락, 번, 사, 숭, 척, 체, 쿵, 쑥' 형의 동사나 형용사가 겹쳐
   쓰이는 경우에는 붙여쓴다.
○ 갈번말번, 울번말번
   울사말사, 웃을사말사
   본숭만숭, 싱숭생숭
   본척만척, 아는척모르는척
   본체만체, 아는체모르는체

이러쿵저러쿵

들쑥날쑥, 길쑥잘쑥

③ 토 '-거나, -거니, -나, -느니, -다, -든, -자'와 '둥, 듯, 락, 번, 사, 숭, 척, 체, 쿵, 쑥'으로 겹친것이 '하다'와 직접 어울리는 경우엔 붙여쓴다.

○ 가나마나하다, 가느니오느니하다, 이러쿵저러쿵하다, 들쑥날쑥하다.

※ 그러나 다른 토나 다른 말이 낄 때는 띄어쓴다.

○ 아는체도 모르는체도 한다, 보나 안보나 한 일이다.

23. 동사나 형용사끼리 어울려서 하나로 굳어진 단어들의 경우.

○ 덮어놓고, 듣다못해, 하다못해, 뿐만아니라.

○ 할밖에, 읽을밖에, 기다릴밖에, 갈수밖에, 기다릴수밖에…

○ 그거야 말이지, 이거야 말이지, 바른대로 말이면 그러면 말이지, 까놓고 말해서…

○ 듣자하건대, 읽자하건대, 간다손치더라도, 본다손치더라도…

24. 명사와 토 없이 직접 어울린 '너머', '따라', '건너', '걸러'의 경우.

○ 담너머, 산너머, 언덕너머…

○ 그날따라, 철따라…

※ 그러나 규정어가 올 때는 띄어쓴다.

○ 당의 기발 따라 나아간다.

○ 강건너, 물건너, 집건너, 하루건너…

○ 한달걸러, 반년걸러…

25. 학술용어의 경우.

학술용어에서 동사, 형용사의 '느, ㄹ' 형이 끼였을 경우에 붙여쓴다.
○ 붉은점무당벌레, 붉은부리갈매기, 작은물병아리, 넓은잎참가시나
　무, 노란색코스모스… [동식물학]
○ 순한소리, 어두운모음… [언어학]

Ⅱ. 언어학용어 한조대조표

A

阿拉伯字母	아랍자모
阿爾泰語系	알타이어족
暗藏号	숨김표

B

'把'字句	'把'자문
白話文	백화문
半低元音	반낮은모음 (중간 낮은모음)
半高元音	반높음모음 (중간 높은모음)
半元音	반모음
包孕句	내포문
褒義詞	긍정적은 뜻빛깔을 가진 단어
鼻化	비음화 (고안소리되기)
鼻音	비음 (코안소리)
比較格	비교격
比較語學	비교문격
閉塞音	폐쇄음 (막힘소리)
閉音節	폐음절 (닫힌마디)
閉元音	닫힌모음

避諱	완곡어법
邊音	혀옆소리, 설측음
貶義詞	부정적인 뜻빛깔을 가진 단어
變調	사성의 변화
標点法	구두법
標点符号	문장부호
表層結构	표층구조
表形文字	상형문자
表意文字	표의문자 (뜻글자)
表音文字	표음문자 (소리글자)
表語	체언술어 또는 형용사술어
被定語	피규정어, 피관형어
被動句	피동문 (입음문장)
被動式	피동형
被動態	피동상 (입음상)
賓格詞尾	대격토, 목적격조사
賓語	보어(보탬말), 목적어
幷列	병렬(벌림)
幷列復句	병렬복합문(벌림복합문)
波浪號	물결표
部分同化	부분동화(덜닮기)
部落語	종족어
部族語	준민족어
補語	보어
不及物動詞	자동사
不完全句	불완전문
不完全名詞	불완전명사, 의존명사

不圓脣元音　　　　비원순모음(길쭉 종결모음)

C

挿入語　　　　삽입어 (끼움말)
顫語　　　　전음 (떨림소리)
長停頓　　　　긴휴지
長音　　　　긴소리, 소리길이
陳述詞尾　　　　서술토(알림토), 종결어미
陳述句　　　　서술문(알림문)
成語　　　　성구
程度補語　　　　정도후치상황어, 정도보어
持阻　　　　장애지속
齒音　　　　치음, 잇소리
從句　　　　종속문 (매인문)
除阻　　　　장애제거
處所補語　　　　장소후치상황어, 처소보어
脣齒音　　　　입술잇소리, 순치음
脣音　　　　입술소리, 순음
辭格　　　　수사법
詞　　　　단어
詞重音　　　　단어역점
詞典學　　　　사전학
詞法　　　　형태론
詞干　　　　어간 (말줄기)
詞根　　　　어근 (말뿌리)
詞根語　　　　고립어

詞匯	어휘
詞匯學	어휘론
詞匯意義	어휘적의미
詞類	품사
詞類轉成法	품사전성법 (품사바꿈법)
詞素	형태부, 형태소
詞尾	토, 어미, (일부) 조사
詞性	품사
詞義	단어의 의미
詞義擴大	의미의 확대
詞義色彩	단어의 뜻빛깔
詞義縮小	의미의 축소
詞義學	의미론
詞義轉移	의미의 전이
詞源學	어원론
詞綴	접사 (덧붙이)
詞綴法	접사법 (덧붙이법)
詞組	단어결합
存現句	존현문

D

大主語	대주어
代詞	대명사
單純成分	단순성분
單純句	단순문
單句	단일문, 단문

單數	단수
單義詞	단의어
單引号	거듭인용표, 작은따옴표
單音節	한음절, 단음절
單元音	홑모음, 단모음
倒裝	전도법
'的'字結构	'的'자구조
等號	같음표, 등호
等義詞	절대적동의어
低元音	낮은모음
遞進	점층, 가일층 (더나아감)
第一人称代詞	일인칭대명사
第二人称代詞	이인칭대명사
第三人称代詞	삼인칭대명사
地區方言	지역방언
定語	규정어(없음말), 관형어
定語詞尾	규정토(없음토), 관형사형어미
動賓詞組	동목적단어결합
動賓結构	동목적구조
動補結构	동보적구조
動詞	동사
動詞性詞組	동사성단어결합
動詞性結构	동사성구조
動詞謂語句	동사술어문
動量補語	동량보어
動量詞	동량사 (행동의 회수를 나타내는 단위명사)
逗号	반점

多式綜合語	포합어
多義語	다의어
多音節	다음절
多重復句	합성복합문(얽힘복합문), 합성복문
獨詞句	단어문장
獨立成分	독립어
獨立動詞	자립적동사
獨立語	독립어 (외딴말)
短停頓	짧은휴지
短語	단어결합
對等階	같음
對下階	낮춤
對照語法學	대조문법
頓号	모점

E

顎化	구개음화 (입천장소리되기)
顎音	구개음 (입천장소리)
儿化	얼화하다, 권설음화하다
二合元音	겹모음, 2중모음

F

發音器官	발음기관
繁体字	(한자에서) 정자
反身代詞	재귀대명사

反問文	반문문
反語	야유법
梵文字母	범어자모, 산스크리트자모
方括号	꺾쇠괄호, 대괄호
方向詞	방위명사
方言詞	방언어휘
非動物名詞	비활동체명사
非活動体名詞	비활동체명사
非音節音	비성절음
分号	반두점
分句	문절
分析語	분석어
風格學	문체론
否定副詞	부정부사
輔音同化	자음동화
輔音韻尾	받침소리
輔助動詞	보조적동사
復句	복합문, 복문
復數	복수
復數詞尾	복수토, 복수접미사
復指成分	중복지시어
附着語	교착어, 부착어

G

概括語	총괄어 (묶음말)
概數	개략수사

感嘆号	감탄표, 느낌표
感嘆句	감탄문 (느낌문)
高低重音	고저력점
高元音	높은모음
格	격
格詞尾	격토, 격조사
格言	격언
隔寫法	띄어쓰기
共動詞尾	권유토(추김토), 청유어미
共動句	권유문(추김문), 청유문
共時語音變化	공시적어음변화
共同語	공통어
共同語气	권유식, 청유어기
构詞法	단어조성법(단어만들기수법), 단어형성법
构形詞綴	형태조성의 접사
孤立語	고립어
古語詞	고어, 낡은말
固定詞組	공고한 단어결합, 관용구
固有詞	고유어휘
固有詞數詞	고유어수사
固有名詞	고유명사
冠詞	관형사
關聯賓語	상관목적어
規范語化學	규범문법
國際音標	국제음성기호
過去持續	과거지속
過去時制詞尾	과거형토, 과거시어미

H

漢字詞	한자어휘
漢語拼音方案	한어표음자모방안, 한어병음방안
漢藏語系	한-장어족, 한어-티베트어족
行業語	직업어
合成法	합성법 (합침법)
合成謂語	합성술어 (합침풀이말)
和文	일본문
喉音	후두음, 목구멍소리
后退同化	역행동화 (올리닮기)
后元音	뒷모음
后綴	접미사 (뒷붙이)
后置詞	후치사
呼格詞尾	호격토, 호격조사
呼語	호칭어 (부름말)
互相同化	호상동화 (서로닮기)
活動体名詞	활동체명사, 유정명사

J

基本語匯	기본어휘
基础方言	기초방언
基數	기수
基音	기음
積极修辭	적극적수사
及物動詞	타동사

假說	가정
兼語句	겸어문
間隔号	점[·], 가운데점
簡化字	간략자, 약자
間接賓語	간접보어(간접보탬말), 목적어
間接引進法	간접전달법
降調	하강어조
降升調	하강상승어조
膠着語	교착어
介賓結構	전목적구조
介詞	전치사
介詞結構	전치사적구조
介詞結構補語	전치사적구조 후치상황어, 전치사적구조 보어
介輔音	결합자음
介元音	결합모음
結構	구조, 문장론적구조
結構語法	구조문법
結構助詞	구조조사
結果補語	결과후치상황어, 결과보어
階称	계칭(말차림), 상대높임
借詞	차용어
節奏停頓	절대적휴지
緊音	된소리
近接同化	직접동화
警句	경구
句法	문장론, 통사론
句號	점, 마침표

句型	문형
句子	문장
句子成分	문장성분
句子成分的呼應	문장성분의 조응
具体語法學	개별분법
具体語音學	개별어음론
卷舌音	권설음
絕對格	절대격
絕對反義詞	절대적반의어

K

開音節	개음절 (열린마디)
開元音	열린모음
可能式	가능법
科學術語	학술용어
科學語法學	과학문법
口廳語言	살롱어, 응접실어
口語	구두어, 구어, 말체
寬式標音法	음운론적전사법
擴大成分	확대성분
擴大定語	확대된 규정어, 확대된 관형어
擴大獨立成分	확대된 독립어
擴大句	확대문
擴大謂語	확대된 술어
擴大修飾語	확대된 수식어
擴大主語	확대된 주어

括号	괄호

L

拉丁字母	라틴자모
樂音	악음 11(가락소리)
歷史比較語法學	비교역사문법
歷史方言學	역사방언학
歷史性音變	역사적어음변화
歷史語詞	역사어
歷史語法學	역사문법
歷史原則	역사주의원칙
离合詞	분리될 수 있는 합성어
离合性成語	융합적성구
連詞	접속사
連動詞	연동식문장
連格詞尾	구격토, 부사격조사
連接詞	접속사
連接詞尾	접속토(이음토), 연결어미
連接副詞	접속부사 (이음부사)
連接復句	연접복합문, 연결복문
連接謂語	접속술어, 연결술어
連接語	접속어(이음말), 연결어
連音	연음 (소리이음)
聯合詞組	병렬적단어결합
聯合復句	병렬복합문(벌림복합문), 병렬복문
量詞	단위명사, 단위성의존명사

零詞素	제로형태
零格	절대격
六角括号	꺾쇠괄호

M

盲字	맹인문자
描寫語法學	서술문법
名詞	명사
名詞結构	명사적구조
名詞謂語句	명사술어문
名詞性詞組	명사성단어결합
名詞性結构	명사성구조
名量詞	명사적단위명사, 명량사
命令詞尾	명령토(시킴토), 명령어미
命令句	명령문(시킴문)
命名句	명명문
摩擦音	마찰음 (스침소리)
冒号	두점, 쌍점
目睹式	목격법
目的	목적
母音	모음

N

內破音	내파음 (속터침소리)
能愿動詞	능원동사, 조동사

擬聲詞	의성어 (소리본딴말)
擬態詞	의태어 (모양본딴말)
擬聲擬態詞	의성의태어 (본딴말)

P

派生詞	파생어
判斷詞	판단사
偏正詞組	종속적단어결합, 주종단어결합
偏正復句	종속복합문(매임복합문), 주종복문
平調	평행어조
平仄	평측
破折号	풀이표, 줄표
普通名詞	보통명사
輔音	자음

Q

祈使句	권유-명령문(추김-시킴문), 청유문
前進同化	순행동화 (내리닮기)
前元音	앞모음
前綴	접두사 (앞붙이)
前置詞	전치사
翹舌音	권설음
親屬語言	친족어
淸輔音	무성자음
淸音	무성음(청없는 소리)

情態補語	양상후치상황어, 양태보어
屈折語	굴절어
趨向補語	방향후치상황어, 방향보어

R

讓步主從復句	양보종속복합문, 양보주종복문
人稱代詞	인칭대명사 (사람대명사)
軟顎音	연구개음 (뒤천장소리)

S

塞擦音	파찰음 (터스침소리)
塞音	파렬음 (터침소리)
閃音	튀김소리
沙龍語言	살롱어, 응접실어
舌根音	혀뿌리소리, 혀뒤소리, 후설음
舌尖音	혀끝소리, 설단음
舌面音	혀바닥소리, 설면음
舌前音	혀앞소리, 전설음
舌音	혀소리, 설음
舌中音	혀가운데소리, 설중음
社會習慣語	사회적방언, 사회적관습어
設文	자문자답법
深層結构	심층구조
身	인칭
生成語法	생성문법

升調	상승어조
省略號	줄임표
實詞	자립적품사, 실사
時	시칭, 시제
時間補語	시간후치상황어, 시간보어
時間詞	시간명사
時態助詞	태조사
時制詞尾	시칭토, 시간토, 시제어미
使動態	사역상(시킴상)
世界語	세계어, 에스페란토
式	식
氏族語	씨족어
收音	받침
手勢語	손짓언어
書面語	서사어, 글말, 문어
書名號	인용표, 책이름표
數	수
數詞	수사
數量詞	명수사(이름수), 수량사
屬格詞尾	속격토, 관형격조사
述賓詞組	보어적단어결합, 슬목구
述補詞組	후치상황적단어결합, 술보구
双賓語	2중보어(겹보탬말), 쌍목적어
双賓語句	2중보어문, 쌍목적문
双部句	두구성문, 쌍구성문
双唇音	입술소리, 양순음
双音節	두음절, 쌍음절

双引号	인용표, 따옴표
双重主語	2중주어, 쌍주어
斯拉夫字母	슬라브자모
四聲	사성
松音	순한소리
送气音	거센소리

T

他動詞	타동사
嘆詞	감동사
提示語	제시어 (보임말)
体詞	체언
体詞詞尾	체언토, 대상토, 체언조사
体詞的謂詞形	체언의 용언형
体詞形	체언형, 대상형
体詞形詞尾	체언형토, 대상형토, 체언형조사
体詞性詞組	체언성단어결합, 체언구
添意詞尾	도움토, 보조사
條件	조건
條件主從復句	조건종속복합문, 조건주종복문
停頓	휴지
同行語	통용어
同化	동화(닮기)
同位語	동격어
同義詞	동의어(뜻같은말)
同音詞	동음이의어

圖畵文字	그림문자, 도형문자

W

外破音	외파음(겉터침소리)
外位語	제시어 (보임말)
完全句	완전문
完全名詞	완전명사
婉轉	우회법, 와곡법
位格詞尾	위격토, 부사격조사
位置音變	어음의 위치적변화
未來時制	미래형, 미래시제
未來時制詞尾	미래형토, 미래시어미
威妥瑪式	웨이드식
謂詞	용언
謂詞的体詞形	용언의 체언형
謂詞形詞尾	용언형토(풀이토), 용언형어미
謂詞性詞組	용언성단어결합, 용언구
謂詞轉換詞尾	용언바꿈토, 용언전성어미
謂語	술어(풀이말)
文言文	문언문
文字學	문자론
問号	의문표, 물음표
无主句	무주어문
物量詞	사물의 수효를 나타내는 단위명사, 물량사

X

希腊字母	희랍자모, 그리스자모
系詞	계사
現在時制	현재형, 현재시제
響輔音	향음자음
響音	유향음 (울림소리)
相對反義詞	상대적반의어
相對同義詞	상대적동의어
象形文字	상형문자
象征副詞	상징부사
消極修辭	소극적수사
小主語	소주어
楔形文字	쐐기문자
形容詞	형용사
形容詞謂語句	형용사술어문
行爲副詞	행동부사
性	성
修飾詞尾	꾸밈토, 수식어미
虛詞	보조적품사, 허사
序數	순서수사(차례수사), 서수사
選擇	선택 (가림)
選擇問句	선택관계의 의문문(가림관계의 물음문), 선택 의문문
學校語法學	학교문법

Y

嚴式標音法	어음론적전사법
央元音	가운데모음
陽性元音	양성모음 (밝은모음)
一般單句	보통단일문, 보통단문
一般復句	보통복합문, 보통복문
疑問詞尾	의문토(물음토), 의문어미
疑問代詞	의문대명사 (물음대명사)
疑問句	의문문 (물음문)
异化	이화
音高	어음의 고저
音節	음절 (소리마디)
音節文字	음절문자 (마디글자)
音節音	성절음
音品	음색 (소리빛깔)
音强	소리세기
音色	음색 (소리빛깔)
音素	음소
音位	음운
音位文字	음운문자, 자모문자
音位學	음운론
音位學原則	음운주의원칙
音質音位	음색음운
音值	음가
因果	원인
陰性元音	음성모음 (어두운모음)

引號	인용표, 따옴표
引申義	전의된 의미, 파생적의미
引述法	전달법 (옮김법)
引語	인용어 (들임말)
隱語	은어, 곁말
隱喩	은유
印歐語系	인도-구라파어족, 인도-유럽어족
應用語音學	응용어음론
硬顎音	경구개음 (앞천장소리)
語調	억양
語法范疇	문법적범주
語法功能	문법적기능
語法意義	문법적의미
語句重音	문장력점
語气	식
語气助詞	어조사, 어기조사
語態	상
語態詞尾	상토
語序手段	어순의 수법
語言規范化	언어규범화
語言學詞典	언어학사전
語音	어음
語音變換法	어음변환법 (소리바꿈법)
語音對應規律	어음대응법칙
語音交替	어음교체
語音弱化	어음의 약화
語音脫落	어음의 탈락

語音系統	어음체계
語音學	어음론
語音學原則	표음주의원칙
語族	어군
与格詞尾	여격토, 부사격조사
元音	모음
元音和諧律	모음조화
元音縮減	모음의 줄임
元音三角圖	모음삼각도
元音同化	모음동화
圓唇元音	원순모음 (둥근모음)
遠接同化	간접동화
韻	운
韻腹	운복
韻頭	운두
韻尾	운미

Z

噪音	소음 (쉬쉬소리)
造格詞尾	조격토, 부사격조사
粘着語	교착어
着重號	밑점, 힘줌표
正音法	표준발음법
正字法	맞춤법
增音	어음의 첨가
直接賓語	직접보어(직접보탬말), 목적어

直接引述法	직접전달법 (바로옮김법)
指定詞	지정사
指事	지사
指示代詞	지시대명사 (가리킴대명사)
中動態	중동사
中心語	피규정어, 피수식어, 피관형어
終結詞尾	종결토(맺음토), 종결어미
終結謂語	종결술어 (맺음풀이말)
重音	역점(소리마루), 악센트
主從復句	종속복합문(매임복합문), 주종복문
主動態	능동상 (제힘상)
主格詞尾	주격토, 주격조사
主句	주문 (이끈문)
主文	주문
主謂詞組	주술적단어결합, 주술구
主謂結構	주술적구조
主謂句	주술문
主語	주어 (세움말)
主語部	주어부
助詞	조사
專科詞典	전문사전
專用名詞	고유명사
轉換詞尾	바꿈토, 전성토, 전성어미
轉換生成語法	변형생성문법
轉折	대립(맞섬), 전환
狀態副詞	상태부사
狀語	상황어(꾸밈말), 부사어

濁音	유성음(청있는 소리)
濁音化	유성음화
子音	자음
自動詞	자동사
自由詞組	자유로운 단어결합
綜合性手段	종합적수법
尊敬詞尾	존칭토, 존경토, 존경어미
尊敬階	높임

기타

閃含語系	쎄미트－하미트어족
芬蘭烏戈爾語系	핀－우고르어족
達羅毗茶語系	드라비다어족
高加索語系	까브까즈어족, 캅카즈어족
馬來波利尼西亞語系	말라이－폴리네시아어족
南島語系	말라이－폴리네시아어족
班圖語系	반뚜어족
藏緬語族	장－먄마어군, 티베트-미얀마어군
苗瑤語族	묘－요어군
蒙古語族	몽골어군
通古斯滿語族	퉁구스－만주어군
越南語	웰남어, 베트남어
法語	프랑스어
西班牙語	에스빠냐어, 스페인어
意大利語	이딸리아어, 이탈리아어
德語	독일어, 게르만어

英語	영어
俄語	로씨야어, 러시아어
興都斯担語	힌두스탄어
烏爾都語	우르두어
印地語	힌디어
希腊語	희랍어, 그리스어
波蘭語	뽈스까어, 폴란드어
捷克語	체스꼬어, 체코어
匈牙利語	웽그리아어, 헝가리아어
斯瓦希利語	스와힐리어

※ (   )안에 쓰인 단어들은 조선에서 쓰이는 술어들이다.

• 저자 •

문창덕　　**• 약　력 •**

　　연변대학 조문학부 조선어학과 졸업
　　연변인민출판사 편심
　　중국조선어학회 제1~4기 이사
　　중국민족어학회 회원
　　중국조선어정보학회 상무이사
　　중국연변국제한자연구소 상무이사, 사전편찬위원회 주임
　　길림성 조선문 신문, 잡지 교열위원회 교열원

　　• 주요논저 •

　　『조선말사전』(1~3권) (공저) (1992~1995년), 『조선말실용규범집』(공저) (1996
　　년), 『조선어어휘－표현분류집』(1983년), 『조선어어휘실용사전』(공저) (1997
　　년), 『조선말맞춤법사전』(공저) (1985년), 『동의어, 반의어, 동음어 사전』(공저)
　　(1988년), 『중조소사전』(공저) (1986년), 『언어와 사회생활』(공저) (1982년).
　　외 다수

● 현대조선어연구

• 초판 인쇄	2006년 3월 20일
• 초판 발행	2006년 3월 20일
• 지 은 이	문창덕
• 펴 낸 이	채종준
• 펴 낸 곳	한국학술정보㈜
	경기도 파주시 교하읍 문발리 526-2
	파주출판문화정보산업단지
	전화 031) 908-3181(대표) · 팩스 031) 908-3189
	홈페이지 http://www.kstudy.com
	e-mail(e-Book사업부) ebook@kstudy.com
• 등 록	제일산-115호(2000. 6. 19)
• 가 격	15,000원

ISBN　89-534-4734-8 93810 (Paper Book)
　　　　89-534-4735-6 98810 (e-Book)